Hubert

Der Schmidtbauer von Krauthausen

Ein ländliches Schauspiel in zwei Aufzügen nebst Vorspiel und Schluss - V.
und VI.

Hubert

Der Schmidtbauer von Krauthausen
Ein ländliches Schauspiel in zwei Aufzügen nebst Vorspiel und Schluss - V. und VI.

ISBN/EAN: 9783743643727

Hergestellt in Europa, USA, Kanada, Australien, Japan

Cover: Foto ©Andreas Hilbeck / pixelio.de

Weitere Bücher finden Sie auf **www.hansebooks.com**

Der

Schmidtbauer

von Krauthausen.

Ein ländliches Schauspiel in zwei Aufzügen

nebst

Vorspiel und Schluß

von

Hubert.

Im Verlage des hiesigen kathol.-polit. Preßvereins.

P. V.

Vierter Jahrgang.

V. und VI.

Salzburg, 1874.

Es wird ersucht, die umstehende Seite des Titelblattes zu beachten.

In der Ausschuß = Sitzung des katholisch = politischen Preßvereines für die Erzdiöcese Salzburg vom 28. Jänner d. J. wurde die Anfertigung eines neuen rektifizirten Mit= glieder=Verzeichnisses beschlossen, um dasselbe als Vereins= gabe an die Mitglieder zu versenden. Da aber die Vereins= Vorstehung bei manchem in ihrem Verzeichnisse aufscheinenden Mitgliede im Zweifel ist, ob es noch in Zukunft dem Ver= eine angehören wolle, so wird hiemit an alle P. T. Herren Mandatare und jene Mitglieder, für welche kein eigener Mandatar besteht, die Bitte gestellt, darüber an den Vereins= Secretär Dr. Auer, (wohnhaft im Priesterhause zu Salz= burg) zu berichten, und von denjenigen Mitgliedern, welche auch noch in Zukunft dem Vereine angehören wollen, zur völligen Richtigstellung, deren Vor= und Zuname, Charakter, Wohnort und Vereinsnummer bis längstens **Mitte April** d. J. anzugeben.

Die Vereins-Vorstehung.

Der

Schmidtbauer
von Krauthausen.

Ein ländliches Schauspiel in zwei Aufzügen

nebst

Vorspiel und Schluß

von

Hubert.

Im Verlage des hiesigen kathol.=polit. Preßvereins.

P. V.

Vierter Jahrgang.

V. und VI.

Salzburg, 1874.
Zaunrith'sche Buchdruckerei

Vorrede.

Da die Charakterzüge dieses kleinen Schriftchens durchaus dem Leben entnommen sind, so ist es von selbst klar, daß mir nichts ferner liegen kann, als in den Personen, die ich nicht willkürlich gewählt habe, einen ganzen Stand oder eine bestimmte Berufsart angreifen zu wollen. Ich glaube dies eigens bemerken zu sollen, damit man mir nicht Absichten und Motive unterschiebe, die ich als kleinliche Gehässigkeiten mit Abscheu zurückweise.

Woran es unserer Zeit am meisten fehlt, das sind überzeugungstreue Männer, echt katholische Charaktere auch unter dem Landvolke. Möchten diese Zeilen dazu beitragen solche zu bilden! Der Wahrheit zum Siege, dem Staat und der Kirche zum Heile, dem Volke zum Wohle!

Das allein ist der Wunsch und Wille

des Verfassers.

1*

Vorspiel.

Der alte Stammgaſt in der ſchwarzen Katz.

Es gab wohl in ganz Krauthauſen kein hübſcheres und
zugleich liebevolleres Mädchen, als das ſiebenzehnjährige Wirths-
töchterlein zur ſchwarzen Katz. Unſchuldsvoll wie eine friſch
erſchloſſene Frühlingsroſe guckte ſie mit ihren hellblauen Aeuglein
ſo lebensfroh in die Welt hinaus, ſah ſie Einem ſo treuherzig und
doch wieder ſo ſchelmiſch in das Geſicht, daß ihr ſelbſt der ärgſte
Griesgram nicht böſe ſein konnte.

Doch die brave Hanna war nicht nur ſchön von Geſtalt
und heiter von Gemüth, ſondern ſie war auch ſehr thätig und
arbeitſam. So jung ſie noch an Jahren, ſo war ſie bei der be-
ſtändigen Kränklichkeit der Mutter doch ſchon die eigentliche Seele
des geſammten Hauweſens der großen Wirthſchaft.

Soeben hat ſie den letzten Tiſch im geräumigen Gaſtzimmer
abgerieben und blickt, die Hände in die Hüften ſtemmend, mit
ſichtlicher Selbſtbefriedigung auf die vollendete Arbeit.

„Gelt Mutter“, ſcheint ſie zu ſagen, „ſo iſt es recht! Reine
Tiſche, friſche Gläſer, weiße Wäſche, gute Speiſen, das ſoll ſtets
mein Stolz und Augenmerk ſein. Ach, daß du immer ſo kränklich
biſt. Aber es iſt nicht zu verwundern — ein Verdruß nach dem
anderen, o . . . . . . Doch Herrjegele, heute iſt es ſchon Viertel
auf Sieben und unſer alter Stammgaſt iſt noch nicht da, es wird
ihm doch um Himmelswillen nichts paſſirt ſein, ich wäre wahrhaftig untröſtlich . . . . .“ „Wünſch' gut'n Ab'nd“ ertönt es in

diesem Augenblick unter der Thüre mit kräftiger Stimme. „Aber was ist es denn heute mit dir, H a n n a l, du stehst ja da mitten im Zimmer, als ob du Teufel bannen wolltest?" „Ah! guten Abend, S ch m i d t b a u e r, grüß dich Gott. Ei wohl, Teufelbannen — an dich habe ich eben gedacht, um dich habe ich mich geängstiget und bald wäre ich suchen gegangen. Schau doch auf die Uhr, ist es jetzt sechs Uhr? — Du bist doch sonst immer so pünktlich." Dabei schlug sie ihm kräftig auf die Schulter und kneipte ihn neckisch in die Wange. Doch der Eintretende schien solch' zärtliche Vertrau=lichkeiten schon gewöhnt zu sein, denn ohne weitere Beachtung schritt er dem mittleren Ecktische zu. Indem er sich setzte, zog er dann aus einer kleinen Tasche am oberen Ende seiner Lederhose eine doppelgehäusige Uhr, um sich von seiner Verspätung zu über=zeugen. „Hannal, du hast recht", rief er jetzt in einem ganz eigen=thümlichen Tone, „ich habe heute wirklich eine Viertelstunde Ver=spätung. Das erste Mal seit vierzig Jahren. Jetzt merke ich, daß ich alt werde". „Aber heute bleibst du doch um eine Viertelstunde länger da, nicht wahr, sonst käme ich ja zu kurz?" „Nicht doch, allerliebste Schmeichelkatz, punktum 8 Uhr wird gegangen, wie sonst. Error errore non corrigendus est, sagt der Lateiner, d. h. auf deutsch: Eine Thorheit soll nicht immer zehn andere im Gefolge haben. Aber so mache jetzt, daß ich zum Bier komme, ich habe Durst." „Den Augenblick — nur anschlagen muß ich noch — du sollst auch heute wie sonst die erste Maß bekommen." Mit diesen Worten nahm sie einen silberbeschlagenen Maßkrug aus der oberen Stelle des Schenkkastens und schlüpfte, einen freundlichen Blick auf den alten S ch m i d t b a u e r werfend, gar „husig" zur Thüre hinaus.

Wir glauben aber diesen Augenblick benützen zu müssen, um den freundlichen Leser mit der interessanten Persönlichkeit unseres Stammgastes näher bekannt zu machen.

Der alte S ch m i d t b a u e r ist ein angehender Sechziger, aber noch so rüstig, ja ich möchte sagen blühend, daß ihm wohl Jeder um fünfzehn Jahre weniger gegeben hätte. Unstreitig ist er auch

der reichste Bauer in der ganzen Gemeinde. Was ihm aber noch
ein weit höheres Ansehen erwarb als sein Reichthum, das war und
ist sein echt christlicher Charakter, seine außerordentliche Verständig=
keit, seine Mildthätigkeit und strenger Rechtssinn. Obwohl er ferners
in seiner Jugend sechs Klassen mit Auszeichnung studirt hatte und
nur durch den plötzlichen Tod seines Vaters als der einzige Sohn
nach Hause berufen worden war, so merkte man doch an ihm nie
etwas von jener eitlen Einbildung, von jenem vorlauten absprechen=
den Wesen, wie sie allen Halbheiten und Oberflächlichkeiten ge=
wöhnlich eigenthümlich sind. Hatte er sich auch an Kleidung, Sprache
und Lebensweise seinen Standesgenossen ganz anbequemt, so studierte
er dennoch fleißig fort, was freilich Niemand bemerkte als der
Herr Pfarrer, dessen Bibliothek er fleißig benützte.

Der Schmidtbauer hatte sich aber trotz seiner geistigen
Ueberlegenheit in der Gemeinde nie vorgedrängt; übertrug man
ihm aber ein öffentliches Amt, so versah er es mit Ehre und Würde
zum Segen für ganz Krauthausen. Nur jetzt erbat er sich
Ruhe, seitdem er das sechzigste Jahr bereits überschritten. War
nun der alte Schmidtbauer schon im Allgemeinen ein Mann,
den man wirklich achten, ehren und lieben mußte, so galt er doch
besonders viel bei der schönen Wirths = Hanna, und diese bei ihm.
Wie kam das?

Der Schmidtbauer ist schon seit Jahren Wittwer und
kinderlos — das ist der einzige schrille Mißton durch sein ganzes
Lebensglück. Wohl hatte er einst ein äußerst liebenswürdiges Mäd=
chen als sein süßes Weibchen heimgeführt — aber es starb schon
nach zwei Jahren, indem es einem ebenso liebenswürdigen Kinde
das Leben gab. Der arme Vater war untröstlich, doch ertrug er
es mit christlicher Ergebung. Ein Blick auf das Kind entschädigte
ihn gleichsam für den Verlust der Mutter, doch es sollte noch
ärger kommen. Mit zehn Jahren starb auch das geliebte Kind.
Wie man eine Rose pflückt in ihrer schönsten Blüthe, so ereilte
es der Tod.

Die Leute sagten daher, es war zu schön für diese Welt. Mit Thränen in den Augen trat demnach eines Tages der Schmidt= bauer in das Zimmer des Herrn Pfarrers und rief, vernichtet durch den Schmerz: „Herr Pfarrer, Gott hat mich schwer geprüft — mein Hannchen ist todt." —

Er war lange beim guten Herrn Pfarrer, der ihn liebte wie seinen besten Freund und darum auch das aufrichtigste Mitleiden mit ihm hatte — als er aber herausging, sah man keine Thräne mehr in seinen Augen und — geheirathet hat er auch nicht mehr seither. „Wer sein Weib so innig liebt als wie ich es geliebt habe", pflegte er öfters zu sagen, „der kann unmöglich ein zweites Mal heirathen, außer es treibt ihn die äußerste Noth."

So blieb denn die Wunde seines Herzens immer offen, aber sein Schmerz war auch sein Trost.

So saß er auch einstens in der schwarzen Katze, wo er wie schon bekannt, täglicher Gast war, als man ihm das neuge= taufte Töchterlein der jungen Wirthin zeigte. Es hieß auch Hann= chen wie das Seine. Es hatte auch so hellblaue Aeuglein wie das Seine. Es hatte auch so kleine Grübchen in Wange und Kinn, wie das Seine. Es blickte ihn auch so treuherzig an wie das Seine.

Heftig bewegte sich sein Vaterherz. Er wußte nicht wie ihm war, aber er liebte das kleine unschuldige Ding.

Später sah er die Kleine fast alle Tage. Er fing bald an mit ihr zu spielen und zu scherzen, und so lange eine saftige Birne in seinem Kasten war, kam er nie mit leerer Tasche. So geschah es denn, daß ihm das Kind ungemein anhänglich wurde, ja ihn fast lieber zu haben schien, als seinen eigenen Vater. Kaum konnte Hannchen laufen, so war einer ihrer ersten Ausreißer zum Schmidtbauern hinüber. Da war freilich dann auch bald kein Baum mehr, der nicht für sie geschüttelt, und kein Nelkenstock, der nicht für sie der schönsten Zierde beraubt worden wäre. Und saß sie dann erst an Schmidtbauers Tische, wie gut, wie köstlich war da Alles. Um wie viel besser als daheim. Selbst das schwarze Brot mundete ihr hier viel mehr, als zu Hause die feinste Semmel.

Kam endlich der Schmidtbauer mit dem leeren Leiterwagen durch das Dorf gefahren, so mußte er immer stille halten, denn Hanna mußte aufsitzen und die Rosse mußten dann laufen.

Weil nun Hanna, oder das Hannal, wie sie der alte Schmidtbauer stets nannte, ein wirklich gutes Kind war, so legte sie ihre kindliche Verehrung und Dankbarkeit auch mit den fortschreitenden Jahren nicht ab.

Zog es das gute Kind gleichsam instinktmäßig zu dem guten Manne hin, so lernte ihn die heranreifende Jungfrau um so mehr schätzen und lieben. Das freute aber den alten Stammgast beson= ders. „Das Hannal ist doch ein Mordsmädl", pflegte er öfters zu sagen, „so schön sie ist, hat sie doch nicht den mindesten Stolz." „Hannal! wenn ich einmal gestorben bin, so mußt du mir am Allerseelentag mein Grab ein wenig ausjäten und zwei Leuchter hinstellen, ebenso an meinem Jahrtag in die Kirche gehen — du brauchst es nicht umsonst zu thun, ich werde schon dafür sorgen. Nicht wahr, Hannal, du thust einem unglücklichen Manne, der sonst Niemand auf der Welt hat, diesen Gefallen?"

„Ja recht gerne, Schmidtbauer", entgegnet dann tröstend das Mädchen mit feuchtem Blick, „so lange ich lebe, werde ich das thun, und du brauchst mir dafür gar nichts zu geben, ja dafür nehme ich dir nicht einmal was an — aber so sprich doch nicht immer vom Sterben, so gute Menschen wie du, müssen recht lang leben, besonders in unserer Zeit."

. . . . Unterdessen hat jedoch die flinke Hanna schon lange angeschlagen und der alte Schmidtbauer sitzt schon eine Zeit lang gemüthlich hinter seinem Stein. Mit seinem scharfen Taschenmesser hat er bereits ein tüchtiges Stück Brot, eigenes Ge= wächs bester Qualität, in kleine Portionen zerlegt und seine Ge= sellschafterin hat ihm in ihrer alten Vorliebe für schmidtbauer'= sches Gebäck schon manches Stücklein hinweg stipitzt. Was sie bisher miteinander gesprochen, haben wir zwar überhört, jetzt wollen wir ihnen aber wieder unsere ganze Aufmerksamkeit zuwenden.

„Was ist's denn mit deiner Mutter heute, Hannal, daß sie nicht zum Zeug kommt?" „Sie ist wieder krank vor lauter Verdruß — und der scheint bei uns seit einiger Zeit nicht mehr auszugehen — die gute Mutter . . . ."

„No, no, Hannal! — was ist denn schon wieder los?"

„Der neue Metzgerknecht, der erst neulich aus der Stadt heraus kam, ist dem Vater durchgegangen, d. h. um ihn wär kein Schade — aber er hat auch fünfzehnhundert Gulden mitgenommen. Das thut nun der Mutter so weh. Es ist auch wahr, wir können uns brav plagen, um im Kleinen die Kreuzer zusammen zu bringen, wie oft muß z. B. Unsereins den ganzen lieben Tag die Stiegen auf und ab rennen — und da geht es nun im Großen wieder auf einmal dahin." —

„Also wirklich durchgebrannt, und zwar mit 1500 fl. Das ist etwas stark und zu viel für einen Jur."

„Die Leute haben heut zu Tage doch gar kein Gewissen mehr."

„Aber desto mehr Verstand. Schau, da sagt z. B. heute ein pfiffiger Kopf Krida an, d. h. er geht unter dem Schutze des Ge= setzes mit den anvertrauten Geldern seiner Gläubiger durch — und flugs geht morgen schon ein Metzgerknecht ungesetzlich mit 1500 fl. durch. Siehst du nun, wie gelehrig die Leute heut zu Tage sind!"

„Du kannst noch spaßen — aber nicht wahr, man wird den Dieb denn doch wohl zu Stande bringen?"

„Und wenn man ihn zu Stande bringt — so wird er das Geld nicht mehr haben, er findet natürlich unterdessen Mittel und Wege . . . ."

„So wird man ihn wenigstens exemplarisch bestrafen?"

„Gewiß, d. h. man wird ihn ein paar Jahre auf unsere Kosten gut füttern. Dabei hat er Zeit und Gelegenheit sich in der Lumperei noch mehr auszubilden, und kehrt dann als intelligenter Staatsbürger in die menschliche Gesellschaft zurück. Und die Leute werden bald sagen, er sei zwar ein schlechter Kerl, aber halt g'scheidt."

„Aber Schmidtbauer", sagte jetzt Hanna, indem sie gekränkt das Köpfchen ein wenig hängen ließ, „wahrhaftig ich kenne dich heute gar nicht. Ich sage dir noch einmal und zwar im vollen Ernst, 1500 fl. sind hin, und du nimmst nicht den geringsten Antheil an unserem Unglücke."

„Dem ist nicht so, Hannal", entgegnete der alte Stammgast, „da thust du mir Unrecht. Aber ich kann mich nur darum nicht recht ereifern über die Sache, weil sie mir nicht unerwartet kam."

„Mein Gott! und du hast meinem Vater nichts davon gesagt?"

„Nicht so, mein Kind, als wußte ich etwas Bestimmtes, aber . . . . ."

„Nun schau nur selbst, Hannal. Da war vor allen der Simerl da, nicht wahr, durch volle sechs Jahre. Ich sah ihn aber nie in der Kirche, nie bei einer Predigt, selbst zu Ostern nicht am Kommunicntisch. Da dacht' ich: Herr Wirth, zu diesem Menschen gratulire ich. Richtig, er kam hieher, arm wie eine Kirchenmaus und als er fort war, fuhr er bald mit Roß und Wagen, und treibt jetzt den Handel auf eigene Faust. Woher hat er denn plötzlich das Geld? Dann kam der Franzl, das war eine Figur aus gleichem Holze. Detto nie in einer Kirche, aber wohl oft ganze Nächte in den Wirthshäusern. Was geschah? Er verlor auf einmal 900 fl., nicht wahr, um sie nicht wieder zu finden. Damit nun der guten Dinge drei wären, kam jetzt der Gustav. Bei dem hätte man wirklich meinen mögen, es könnte unmöglich etwas fehlen, da er ja ein Preuße und noch dazu ein Protestant war, welche seit anno 1866 nur allein noch zu etwas nütze zu sein scheinen auf der Welt. Wie uns wenigstens alle liberalen Blätter versichern. Wie ich aber über Niemand vorschnell abzuurtheilen pflege, so that ich es auch über ihn nicht. Mir ist überhaupt ein gläubiger Protestant tausend Mal lieber, als ein solcher Scheinkatholik, der sein Leben lang nichts Besseres zu thun weiß, als über seine eigene Religion und Kirche schmähen, um in den Augen seiner Gegner als ein unabhängiger, gebildeter Mann zu erscheinen. Also gut — ich beobachtete. Und siehe da, ich fand eben

so wenig deutschen Patriotismus als Protestantismus in ihm, d. h.
ich erkannte an ihm einen ganz und gar grundsatzlosen Allerwelts-
menschen, der für nichts empfänglich ist, als für seinen eigenen
Nutzen und Vortheil. Darum konnte ich auch das unbegränzte
Vertrauen deines Vaters in diesen hergelaufenen Kerl nie begreifen.
Der plumpe Diebstahl oder eigentlich der freche Gaunerstreich hat
jetzt mein Urtheil über ihn gerechtfertiget.

„Kurz und gut, Hannal, ich meine bald, der Herr Papa soll
überhaupt, anstatt sich seine Augen mit der „Neuen freien
Presse" zu verderben, aus welcher er am Ende doch nicht klug
wird, lieber seinen eigenen Leuten fleißig auf die Finger sehen;
anstatt mit den feinen Stadtherren halbe Tage lang zu spielen,
soll er selbst auf die Jahrmärkte gehen und das Ein- und Ver-
kaufen besorgen; und was die Hauptsache ist — anstatt im liberalen
Vereine die religionsfeindlichen Reden eigennütziger Doktoren an-
zuhören, soll er wieder, wie er früher gethan, und als Katholik
jetzt noch verpflichtet ist, in seiner Pfarrkirche Amt und Predigt
fleißig beiwohnen, dann, ja dann wird auch gewiß das alte Glück
und der alte Segen und mit ihnen auch die alte Gemüthlichkeit
wieder einziehen in die schwarze Katz. Das sage ich, der älteste
Stammgast dieses Hauses."

Der alte Schmidtbauer mußte diese Worte mit einer
gewissen Aufregung gesprochen haben, wie man sie bei ihm gar
nicht gewohnt war, denn das arme Mädchen an seiner Seite fing
an leise zu zittern, als fürchte es sich vor ihm, und schon wollte
es den Mund öffnen, um im gereizten Tone den angegriffenen
Vater zu vertheidigen. Da es aber in diesem Augenblicke einer
großen Thräne in dem Auge des ehrwürdigen, greisen Mannes
gewahr wurde, welche ihm die größte Theilnahme für sein und
des Hauses Wohl nur zu deutlich verkündete, so schloß es die ge-
öffneten Lippen und horchte von neuem seinen Worten, indem es
das Köpfchen ein wenig gegen die Brust sinken ließ.

„Schaue dir doch einmal diesen meinen Krug hier recht an,
gutes Hannal", fuhr nun der Alte im gänzlich verändertem Tone

weiter. „So einfach er ist, so ist er doch sehr theuer und hat seine
Bedeutung in der schwarzen Katze. Es ist stets der alte Stein
seit vierzig Jahren, nur ließ ich ihn dreimal neu beschlagen.

„Da ich nun während dieser Zeit tagtäglich hieher kam und
wie du weißt, immer meine gemessenen drei Kaiserhalbe, nie mehr
und nie weniger trinke, so ist es bald ausgerechnet, was das in
vierzig Jahren macht. Die Halbe im Durchschnitt zu 8 kr. ö. W.
gerechnet, gäbe schon über 3500 fl. ö. W.

„Doch für mich hat dieser Krug noch einen ganz andern Werth.
Fürs erste ist er ein Präsent von meinem unvergeßlichen Weibe,
Gott habe sie selig. Sie gab ihn mir zu meinem ersten Namens=
tage als Ehemann, indem sie mit einer gewissen Verahnung sagte:
So oft du daraus trinkest, soll dir zu Muthe sein, als riefe ich
dir lebendig oder todt zu: „Dein Wohl, mein Herz!" Er ist mir
darum auch ein Heiligthum. Fürs zweite trank ich daraus durch
so viele Jahre meinen täglichen Labetrunk. O Gott! war es da
oft gemüthlich und angenehm! Mir zur Rechten saß gewöhnlich
der liebenswürdige Herr Pfarrer. Da, wo du jetzt sitzt, der heitere,
allgemein hochgeachtete Herr Lehrer selig. Dort drüben dein guter
Großvater, den du ja noch recht gut gekannt, und lange Zeit auch
noch dein Vater. Hatte ein Bauer nur irgend etwas zu thun beim
Schmied, beim Wagner, beim Krämer, beim Bothen rc., so benützte
er dazu gewiß die Abendstunde, um sich unserem trauten Kreise
anzuschließen. So kam uns denn gewöhnlich ein schöner Tisch voll
zusammen. Es wurde nun gesprochen über die Ereignisse in der
großen Welt draußen; über das Wohl und Wehe unserer hl. Kirche
und des Vaterlandes; sowie über diese oder jene Gemeinde=Ange=
legenheiten. Und merkwürdig, so verschieden unsere Ansichten oft
waren, und so freimüthig jeder von der Brust weg redete, wir
gingen niemals uneinig auseinander, nie störte ein grober Mißton
unsere Unterhaltung. Woher mochte dies kommen?

„Wir waren eben Alle gläubige Katholiken, gute, aufrichtige
Oesterreicher, mit einem Worte, echte Krauthausner. Mag man
über diesen unseren ehrlichen Namen auch vielfach die Nase rümpfen,

mag man uns noch so viele dumme Streiche und tolles Zeugs andichten: es wird sich dennoch einmal zeigen, daß bei solcher Pflege auf solchem Grund und Boden keine Krautköpfe wachsen, d. h. daß die alten Krauthausner weit klarer und unabhän= giger denken, reden und handeln, als die Leute an manchen Orten, die einen viel schöner klingenden Namen haben. Ja, ich bin geradezu stolz, ein Krauthausner zu sein, und die angesehensten Männer in der Gemeinde theilen mit mir dieses Gefühl. In Folge dieser Selbstachtung hätte es daher in unserer Mitte, oder in unserer Gegenwart auch Niemand wagen dürfen, sei es über die Heimat, über das Vaterland, über die Religion und ihre Diener zu witzeln und zu schmähen. Wir hätten uns alle dadurch tief verletzt gefühlt.

„Herrgott! wie hat sich das Alles auf der Welt verändert. Jetzt gibt es schon so manche Krauthausner, die sich ihres alten ehrlichen Namens schämen. Jeder Schulbub erdreist sich bald, Kirche und Priester zu verhöhnen und wenn es so fort geht, so können wir es noch erleben, daß ganze Armeen auf ihre eigenen Niederlagen begeisterte „Vivat's" ausbringen, welche in jeder Stadt, in jedem Marktflecken, sei er auch noch so armselig, ihren Wieder= hall finden. Und das nennt man heutzutage Patriotismus und Gesinnungstüchtigkeit?

„O wie erinnere ich mich da so angenehm an den Tag der Kriegserklärung im Jahre 1859. Am Abende jenes Tages trat nämlich dein Großvater, damals ein Mann mit 78 Jahren, vor uns hin mit den Worten: »Männer! am ersten Siegestage unserer Armee seid ihr meine Gäste. Die besten Tropfen von der schwarzen Katz müssen her und dazu ein paar fette Gänse oder ein halb Dutzend junge Enten. Es ist mir nichts zu theuer, wenn nur der verflixte Napoleon einmal tüchtig gewaschen wird?«

„Sie war nicht zierlich diese Rede, aber sie kam aus einem echt patriotischen Herzen, das sahen und fühlten wir alle.

„Was würde der gute Mann etwa sagen, wenn er heute vom Grabe aufstünde und z. B. in der schwarzen Katz einen sogenannten

Herrentisch fände, auf welchem beständig folgende drei Zeitungen liegen: „Die Neue freie Presse", das „Helfenburger Volksblatt" und das „Illustrirte Wiener Mistblatt". Ich meine, er würde laut aufschreien: »Was treibt ihr denn jetzt? Seid ihr noch Krauthausner? Seid ihr noch Katholiken? Seid ihr noch Oesterreicher?«

„Siehe, mein Hannal, darum bin ich halt auch nur noch mehr allein da von der alten gemüthlichen Gesellschaft.

„Und damit du weißt, schuldloses Kind, was du von dem alten Schmidtbauer mit seinen weißen Haaren zu halten hast, wenn auch er eines Tages seinen 3000 fl. Krug unter den Arm nimmt, um in Zukunft sein Bier aus demselben zu Hause zu trinken, weil er es nicht länger vor seinem Gewissen verantworten kann, dasselbe in einem Hause zu thun, das zur Brutstätte des bürger= lichen und religiösen Unfriedens zu werden droht, darum habe ich dir das Alles des Langen und Breiten heute auseinander gesetzt."

„Aber Schmidtbauer", klagte nun weinend das Mädchen, „warum bist du auf einmal so aufgebracht, womit haben wir dich beleidiget? Ich habe dich doch immer so lieb gehabt!"

„Ich dich auch, Hannal, aber es gibt oft höhere Rücksichten, denen wir die größten persönlichen Opfer zu bringen schuldig sind."

„Aber gar so schlimm steht es ja doch um meinen Vater auch noch nicht, wenn es gleichwohl wahr ist . . . . ach, das ist eben die Krankheit meiner guten Mutter."

„Es ist schön von dir, gutes Kind, daß du dich deines Vaters so warm annimmst. Das vierte Gebot Gottes hat immer seine Geltung, obgleich auch für dich ein Augenblick kommen könnte, wo du Gott mehr zu gehorchen hättest, als den Menschen. Uebrigens bete fleißig für den Vater, das Gebet frommer Kinder ist oft so wunderthätig."

Das Mädchen bedeckte sich schluchzend ihr Angesicht mit seiner weißen Schürze.

„Damit du aber endlich siehst", ergänzte der alte Schmidt= bauer, „daß ich deinen Vater — o was eine schlechte Gesellschaft aus den bravsten Menschen in kurzer Zeit machen kann — nicht so ins Blaue hinein anschwärze, so genüge nur zu wissen, daß er ein wirkliches Mitglied des liberalen Vereines von Helfenburg sei. Daß er als solches auch die famose Adresse an den Altkatholiken-Papst Döllinger unterschrieben habe, was einem öffentlichen Abfall von der wahren Kirche gleichkommt. Um aber den liberalen Helfenburger Herren besonders zu Gefallen zu sein, hat er im Bunde mit unserem hochgelehrten Namensdoktor, der nebenbei bemerkt, alles in der Welt versteht, nur von seinem Fache nichts, so daß ich keinen kranken Hund zu ihm in die Kur geben möchte, und im Bunde mit unserem neugebackenen, hochnasigen Schulmeisterlein bereits begonnen, auch hier unter den Bauern im Geheimen für die liberale Sache zu wühlen.

„Gelänge es ihnen nun, sich hier einen Anhang zu verschaffen, so wäre Zwietracht und Unfrieden in K r a u t h a u s e n an der Tages-ordnung. Doch es ist noch nicht aller Tage Abend. Vielleicht kommt bald Zeit und Gelegenheit, wo ihnen ein Mann aus der alten Schule ein solches »Merks« hinter die Ohren reibt, daß sie es Zeit Lebens nicht mehr vergessen. Dann will ich sehen, was bei meinen Standesgenossen noch mehr gilt, meine sechzigjährige K r a u t h a u s n e r Ehrlichkeit, oder der hochtrabende Wortschwall eines schwindsüchtigen Doktors!

„Ja ja, ihr Pionniere der Aufklärung und des Fortschrittes, wie ihr euch von den Stadtherrn so gerne schimpfen läßt, der alte S c h m i d t b a u e r lebt auch noch und sein Latein ist noch lange nicht veraltet."

Bei diesen Worten that er den letzten Schluck aus seinem Kruge, den ihm unterdessen H a n n a schon zur Hälfte nachge-füllt hatte.

„Jetzt gute Nacht, H a n n a l", sagte er aufstehend, indem er die zitternde Hand des Mädchens ergriff, „gute Nacht H a n n a l, nichts für ungut. Ich glaube du bist schon vernünftig genug, um das Anvertraute ertragen zu können. Ich wollte dich nebenbei auch warnen und vorsichtig machen, mein Kind. Du bist eben jung und unerfahren, und gewisse aufgeklärte Herren nehmen sich gerne alle Freiheit bei jungen Mädchen. Also sei auf der Hut!"

Roth bis über die Ohren rief jetzt das Mädchen: „Keine Sorgen, Schmidtbauer! Von heute an mag ich sie erst gar nicht. Und wenn mir wieder einer im Finstern nachschleicht, so . . . .‟ „So gibst ihm ein krauthausnerisches Schnellbatzl hinter die Nase — recht so!"

„Noch was! Darf ich der Mutter nicht sagen . ‟

„Wie du willst, mein Kind, ihr ist schon Alles bekannt — gute Nacht! —‟

I. Aufzug.

Der Feldzugsplan.

Es war mehrere Tage nach der Unterredung des alten Schmidtbauers mit dem jungen Hannchen, als eine glänzende Kutsche durch Krauthausen fuhr. Neugierig guckten die Leute durch die Fenster und Eines fragte das Andere, wer etwa die fremden Herren seien. Es saßen nämlich zwei bärtige Männer in der Kutsche, welche sehr vornehm thaten. So betrachtete der Eine die nächsten Gegenstände, z. B. vorübergehende Mädchen, mit einem kurzen doppelläufigen Fernrohr, und der Andere spreizte sich sein rechtes Auge durch ein rundes Glas weit auf. Schon meinten die guten Leute, die hohen Herrschaften fänden es unter ihrer Würde, mit dem einfachen Krauthausen nähere Bekanntschaft zu machen, als sie plötzlich bei der schwarzen Katze stellten. Dem Wirth schien jedoch dieser Besuch nicht ganz unerwartet zu kommen, denn er erschien heute ganz gegen seine sonstige Gewohnheit als der Erste am Wagen.

Ja man schien sich sogar sehr gut zu kennen, denn des Grüßens und Händedrückens war lange kein Ende.

„Hanna!" schrie endlich der Wirth, „so komme doch heraus die Herrn zu bedienen! Ich weiß nicht, wo du immer steckst?" Das Mädchen erschien ganz erschrocken unter der Hausthüre, wodurch es sich um so reizender ausnahm.

„Ist das Ihr Töchterlein, Herr Wirth," fragte der Eine der beiden Herren mit einem Blicke, als möchte er das junge Mädchen gleich mit Haut und Haar verschlingen. „Wahrhaftig ein hübsches Kind! Du bist natürlich eben so artig als schön," fügte er dann schmeichelnd gegen das Mädchen gewendet hinzu, „und ich

2

freue mich schon, deine nähere Bekanntschaft zu machen." Bei den
letzten Worten wollte er das Mädchen am Kinne erfassen, doch die=
ses schien einen Augenblick Lust zu haben, im Auftrage des alten
Schmidtbauers zu handeln, besann sich aber doch eines Anderen
und verlor sich blitzschnell im Hause. „Naives Landwild," meinte
der Andere mit dem aufgespreizten Auge, „um so interessanter".

Der Wirth führte sofort die Angekommenen in das neu ein=
gerichtete Herrenzimmer, in welches man durch das gewöhnliche
Gastzimmer gelangte. Hier angekommen, machten es sich die frem=
den Herren bald bequem, legten ihre Ueberzieher ab und setzten
sich zu Tische.

Hanna schlug unterdessen auf Geheiß des Vaters ein
eigenes Faß an und erschien bald mit dem schäumenden Gersten=
saft. Das Bier von der schwarzen Katze schien den Fremden
zu munden, denn sie thaten alsbald ein paar mächtige Züge und
sprachen sich sehr belobend aus. Der Wirth fühlte sich dadurch
geschmeichelt und fragte sogleich, ob er auch mit einem ländlichen
Imbiß aufwarten dürfe. Die Herren zogen offenbar vom Keller
einen günstigen Schluß auf die Küche und willigten ein.

Schon wurde eine Zeit lang von diesem und jenem geplau=
dert, als plötzlich der Eine von den fremden Herren fragte, ob die
»Presse« von gestern hier zu Lande heute noch nicht zu haben
sei. „Hanna! wo ist die »Neue freie Presse«? rief gleich
der Wirth mit stolzem Selbstbewußtsein, „sie muß schon da sein
von gestern."

„Die hat schon vor einer Stunde der Doktor geholt," ant=
wortete das Mädchen, „aber das »Helfenburger Volks=« und
das »Wiener Mistblatt« wären da, wenn's den Herren ge=
fällig wäre."

„Auch recht," meinten die Fremden, „obgleich das eigentlich
keine Waare für uns, sondern mehr für das ungebildete Volk ist."
„Ich für meine Person," sagte beistimmend der Wirth, „lese zwar
auch die Presse am liebsten, aber man muß denn doch gleich=
wohl . . ." „Wir verstehen," ergänzten die Fremden. „Allen Respekt,

Herr Wirth. Sie wissen für die gute Sache, für Fortschritt und Aufklärung unter dem Landvolk auch Opfer zu bringen. Solche Männer wären es werth, daß man ihnen nach dem Tode ehrende Denkmäler sezte."

„Diese Auszeichnung überlasse ich Ihnen, meine Herren," gab der Wirth mit Genugthuung zurück.

Wahrscheinlich um dem Gespräche eine andere Wendung zu geben, fragte jetzt einer der Herren, ob denn der Doktor und der Herr Schulleiter nicht auch bald erscheinen würden. „Habe sie schon verständigen lassen," entschuldigte der Wirth, „sie werden bald da sein. Es ist zwar die Schule noch nicht ganz aus und unser Lehrer ist in dieser Beziehung sonst sehr genau, aber heute wird er schon eine Ausnahme machen."

„Aber sagen Sie uns doch noch zuvor, Herr Wirth, was ist denn eigentlich Euer Doktor für ein Mann?" „Entschuldigen die Herren," antwortete der Wirth schmunzelnd, indem er die Asche von der brennenden Zigarre streifte, „er ist eigentlich gar kein Doctor, sondern ein gewöhnlicher Landarzt, und selbst als solcher kein besonderer Pfiffikus. Unter uns gesagt, meine Herren, unser sogenannter »Doktor Friedhof« hat das Pulver sicher nicht er= funden und ist noch dazu ein ziemlich roher Mensch. Aber er hat drei gute Eigenschaften. Er ist eitel, reich und ein Haupt= schwadronär, durch die erste Eigenschaft ist er leicht gefangen, durch die zweite wird er nützlich und durch die dritte gut verwendbar."

„Herr Wirth," lachten jetzt die beiden Fremden laut auf, „an Ihnen ist ein Philosophie=Professor verloren gegangen."

„Nun," meinte der Wirth, „warum sollte nicht auch »unser Eines« seine Portion Verstand mit in die Welt gebracht haben? Aber sehen Sie, wie gewöhnlich der Dumme das Glück hat, so auch unser Friedhof. Er ist seines Zeichens ein gelernter Schneider. Erst in späteren Jahren fiel ihm das Studiren ein und er kam wirklich an das Gymnasium. Dabei wäre er aber sicher vor Ar= muth verhungert, hätte er nicht gute Menschen gefunden. Ich weiß mich z. B. noch gut zu erinnern, ich war damals eben in der

2 *

Realschule, wie er täglich von den Kapuzinern das Brot holte, und am Ende des Monates zu allen neun und neunzig Pfaffen lief, um sein Quartiergeld bezahlen zu können; doch gieng es auch armselig, es gieng. Er schleppte sich durch. Was aber jetzt anfangen? Zur Universität fehlten ihm Talent und Geld, — zur Theologie Lust und Liebe, was also beginnen? Er machte es, wie es schon Viele gemacht, er wendete sich dem leiblichen Wohle der leidenden Menschheit zu. Hier schlug er sich ebenso durch wie im Gymnasium — es ging wenigstens. Als er dann fertig war, diente er mehrere Jahre an verschiedenen Orten als Chirurgie=Provisor. Friedhof war damals noch ungemein zahm. Endlich vernarrte sich die dicke Witwe des vermöglichen Doktors von Zahlrecht in den dünnen Friedhof, kaufte ihm das hiesige Chirurgat und brachte ihm noch überdieß baare zwölftausend Gulden zu nebst dem Doktortitel. Friedhof war gemacht. Er bekam auf einmal einen Ruf als geschickter Arzt und führte jährlich seine Anzahl Firmlinge nach Helfenburg, d. h. er hat Boden gefaßt unter dem Volke.

„Völlig wahnsinnig wurde er aber vor heimlicher Freude, als wir ihn neulich auf mein Betreiben in den Gemeinderath und zum Obmann des Ortsschulrathes wählten. Es thut ihm sichtlich wohl dem armen Tropf, daß er auch einmal was vorstellt auf der Welt.

„Uebrigens lebt er schon seit einiger Zeit auf so ziemlich gespanntem Fuße mit seiner dicken Ehehälfte, was ihn auch mitunter zu freieren Ansichten bekehrt haben mag.

„Kurz ich habe ihn so zu sagen ganz in meiner Gewalt. O wie wird er sich geehrt fühlen, wenn er heute . . . .“

„Wie sind Sie dann mit dem neuen Lehrer zufrieden?“ fiel ihm da einer der Fremden in's Wort.

„Ah so, Sie meinen den jungen Dünkel,“ entgegnete der schlaue Wirth, indem er sein blinzelndes Auge auf Einen der beiden Fremden beobachtend ruhen ließ, „er wäre sonst ein ganz charmanter Herr, der junge Dünkel, nur leidet er an einem Hauptfehler, der allen seinen jüngeren Standesgenossen mehr oder weniger anzukleben scheint, und der folglich schon in der neueren

Vorbildung derselben begründet sein mag, er bildet sich nämlich ein Bißchen gar zu viel ein auf sich und sein Wissen Und in Folge davon ist er sehr unvorsichtig und vorlaut im Reden. Er schwärmt z. B. gleich öffentlich für Preußen, schmäht über die Jesuiten und verspottet die Pfarrgeistlichkeit. Das geht nun aber bei unserem dummen Bauernvolk einmal nicht. Die Leute auf dem Lande hängen noch viel zu sehr an ihrem Oesterreich, sie sind noch viel zu sehr Pfaffenknechte, um so etwas verdauen zu können. Man erregt dadurch nur ihr Mißtrauen und stößt sie ab. Zumal darf man bei uns nicht in dieser Weise gegen den alten Pfarrer auftreten. Er ist schon zu lange da und mit dem Volke durch tausend Beziehungen verwachsen. Dann ist ihm die Gemeinde wirklich zu vielem Danke verpflichtet. Ich möchte z. B. schon die Schuhe, die er jährlich unter arme Schulkinder vertheilt, nicht um 50 fl. herstellen. Uebrigens bekommen alle armen Schulkinder noch überdies während des ganzen Winters eine warme Mittags= suppe bei ihm, keine Kleinigkeit, wenn man bedenkt, daß der Laib Brot jetzt 30 kr. kostet, und täglich noch zu wenig wird.

„Wohl unterstützen ihn die wohlhabenderen Leute dabei — ja er selbst könnte das bei seinem Einkommen gar nicht leisten — aber er thut am Ende doch mehr als Jeder Andere und ist un= streitig die Seele des ganzen Unternehmens. Die Bauern sagen darum recht gut: Das kann nur er thun. Ich halte es daher wenigstens für unklug, öffentlich gegen einen solchen Mann Partei zu nehmen, wenn man noch kaum ein Jahr in der Gemeinde ist, für ähnliche Zwecke noch keinen rothen Heller geopfert, und unent= geltlich keinen Federstrich gethan hat.“

„Ja wohl!“ pflichteten die Beiden etwas ungnädig bei. Der Eine mit dem Glas im Auge zog zugleich ein kleines Notizbüch= lein heraus und schrieb einige Worte hinein, indem er sagte: „Wird schon einen »Deuter« bekommen der Hitzkopf.“

„Wird ihm nicht schaden,“ lächelte der Wirth befriedigt. „Habe ihm schon ein paar Mal Vorstellungen darüber gemacht — aber »die Jungen« wollen stets über »die Alten« hinaus.

Dem Bauer muß man ganz anders kommen, man darf nicht grob mit ihm sein, das ist er selber. Man darf ihn nicht einen Dumm= kopf schimpfen, sondern einen gescheidten Kerl. — Kurz man muß dem Schafskopf genug Salz streuen, und er läuft einem von sel= ber nach. Freilich kostet das so manches schwere Opfer, aber wollen wir die Pfaffen besiegen, so müssen wir auch in dieser Be= ziehung mit ihnen in Concurrenz treten."

Jetzt erhob sich der Kleinere, aber wie es schien der Vor= nehmere der beiden Herren, nämlich der mit dem kurzen doppel= läufigen Fernrohr, und sprach, indem er dem großen Wirth sanft auf die Schulter zu klopfen sich bemühte, im feierlichen Tone fol= gende Worte: „Herr Wirth! wissen Sie, daß Sie ein ausgezeich= neter Mann sind. Wären Sie nicht hier in Krauthausen als Pionnier der Aufklärung so recht eigentlich an ihrem Platze, ich würde Sie nach Helfenburg wünschen, wo es noch wenig so lichte Köpfe gibt als wie Sie. Ich werde in der nächsten Ver= eins = Sitzung jedenfalls nicht unterlassen, Ihre Verdienste vor meinen Mitbürgern in das gehörige Licht zu stellen."

In diesem Momente öffnete sich die Thüre und herein traten Doktor Friedhof und Lehrer Dünkel von Krauthausen.

Sie hatten sich Beide in den Sonntagsstaat geworfen und machten schon unter der Thüre ihre pflichtschuldigen Reverenzen. Nachdem sie der Wirth vorgestellt hatte, sprach er zu ihnen, indem er zuerst auf den kleinen, runden Herrn deutete: „Herr Doktor Streithahn aus Helfenburg, Vorstand des liberalen Ver= eines." Dann auf den großen Hageren deutend: „Unser neuer Bezirkskommissär Zornübel in Pfaffenkirchen."

Sofort nöthigte Doktor Streithahn die eintretenden Herren, ihre Plätze einzunehmen, da er ein abgesagter Feind von allen Formalitäten und gespanntem Wesen sei. Auf die übliche Frage, wie es ihnen gehe, meinte Herr Dünkel, das könne man sich wohl denken, in einem solchen Neste, wie Krauthausen sei, könne doch kein vernünftiges Wesen seines Daseins froh werden.

Der Wirth blickte bedeutsam auf den Kommissär Zornübel, der sich nun gegen Dünkel wendete und sprach:

„Mit solchen Reden, Herr Dünkel, werden Sie sich bei den
Krauthausnern kaum einschmeicheln."

„Und was die Hauptsache ist," bemerkte Doktor Streithahn,
„Sie erschweren sich dadurch Ihre Wirksamkeit."

„Herr Doktor Friedhof," schmeichelte nun der Kommissär,
„meinen Sie nicht auch als Ortsschulvorstand, daß man vor allen
die Eltern gewinnen müsse, um in der Schule den größtmöglichen
Erfolg zu erzielen?"

„Ganz Ihrer Ansicht," antwortete der Arzt erfreut. „Bei
mir war es ja auch so. Erst mußte ich mich zu Land und Leuten
schicken — dann kamen die Patienten von selber. Das Talent
allein wird nur zu häufig unterschätzt." —

Der auf diese Art Zurechtgewiesene biß sich ärgerlich in
die Lippen. Die angezogene Unterordnung unter den Arzt verletzte
ihn tief, da er ihn denn auch weit an Talenten überragte.

Die beiden Gäste bissen sich ebenfalls in die Zunge; jedoch
aus einer ganz anderen Ursache.

Doktor Friedhof hingegen war bereits in seinem Elemente,
das Band seiner Zunge schien gelöst.

„Was gibt Neues, meine Herren," hob er ermuthigt an,
„in der Stadt, in der Welt?"

„Hm," sagte Doktor Streithahn, „ich dächte, Sie sollen
uns was erzählen, haben Sie denn nicht soeben die »Neue freie
Presse« gelesen."

„Ja richtig," sagte er, triumphirend das Blatt auf den Tisch
legend, „sind recht interessante Sachen darin wieder heute. Die
wackeren Preußen machen rasch vorwärts. Mit den Jesuiten sind
sie bereits fertig — jetzt scheint es über die Könige zu gehen.

„So hat z. B. der König von Württemberg seinem Adjutan-
ten auf dessen Ansuchen einen vierzehntägigen Urlaub bewilliget.
Der preußische Obergeneral der württembergischen Division hat
ihn verweigert, weil er nicht zuerst gefragt wurde."

„Bravo, braviſſimo!“ riefen alle auf einmal zuſammen.

„Der König von Baiern hat auf Bismarks Verlangen das geſammte Juſtizweſen an das Reich ausgeliefert, denn bei der Abſtimmung in der Kammer ſind die bairiſchen Patrioten um zwei Stimmen in der Minderheit geblieben.“

„Ausgezeichnet! braviſſimo!“ antwortete der Chor.

„Der junge König von Sachſen erdreiſtete ſich trotz der Militär = Convention die ſächſiſche Armee »ſeine Soldaten« zu nennen, und wurde dafür gebührend zurechtgewieſen.“

„Recht ſo!“ klaſchten Alle in die Hände „nur vorwärts auf der freien Bahn zu Deutſchlands Vereinigung.“

„Unter uns geſagt,“ nahm jetzt der k. k. Bezirkskommiſſär das Wort, „man ſoll eigentlich die geſammte deutſche Fürſtenbrut zum Teufel jagen, weil ſie ja doch zu nichts iſt, als um jährlich Millionen zu verzehren und zu verſchwelgen, an welchen der blutige Schweiß des Volkes klebt — aber das iſt vor der Hand noch nicht recht möglich.“

„Fürſt Bismark denkt ſich wohl ähnlich wie Doktor Friedhof,“ meinte Doktor Streithahn, „haben ſich Land und Leute erſt zu ihrem neuen Fürſten ſchicken gelernt, ſo jagen ſie ihre alten Fürſten von ſelber.“

Schallendes Gelächter von allen Seiten. „Doch meine Herren,“ fuhr er dann im ernſten Tone weiter, „nicht die Fürſten ſind eigentlich das größte Hinderniß zu Deutſchlands raſcher Einigung — ſondern die von religiöſen Vorurtheilen noch ſo ſehr befangenen Völkerſtämme ſelber ſind es. Darum gilt es vor allem, Licht und Aufklärung unter dem Volke zu verbreiten, was denn auch die Hauptaufgabe unſeres löblichen Vereines bildet.

„Aus demſelben Grunde haben wir unſer Hauptaugenmerk auf die Schule gerichtet. Ja, meine Herren! weht einmal in je=der Schulſtube jener Geiſt, der ſich auf den Lehrertagen zu Wien, zu Linz, zu Klagenfurt und zu Hamburg ſo allgemein manifeſtirte; ſind die Pfaffen jedweder Religion hinausgedrängt; erſetzt das Wiſſen den Glauben und werden ſtatt Gottes

Gebote nur noch die Staatsgrundgesetze vorgetragen und
erklärt; dann, ja dann hat die Stunde der Emancipation der
Völker geschlagen, das Zeitalter der wahren Freiheit ist angebrochen,
die deutsche Nation wird sich reif fühlen, nicht nur zur vollkom-
mensten staatlichen Einigung, sondern auch zur großen Universal=
Republik."

Erschöpft durch die mit Begeisterung vorgetragene Rede sank
Doktor Streithahn auf den Stuhl zurück. Doktor Friedhof,
der Ortsschulvorstand, hatte mit offenem Munde den schönen Wor=
ten gelauscht, und Magister Dünkel blickte mit stolzem Selbst=
gefühle im Kreise umher. Der schlaue Wirth ergötzte sich an dem
tiefen Eindruck der schon oft gehörten Reden.

„Ja gewiß, meine Herren!" erhob sich jetzt der junge Lehrer,
„schreitet die freie Volksbildung in der eingeschlagenen Bahn noch
durch zwanzig Jahre stetig fort — so soll mich der Kukuk holen —
wenn nicht sogar die Civilehe einen überwundenen Standpunkt bildet;
wenn es noch ein Mädchen gibt, das nicht begreifen sollte, warum
es jung und schön sei, das noch erröthet ob eines erhaltenen
Kusses. Und diese Errungenschaft, meine Herren, hat für die junge
Männerwelt weit mehr Bedeutung als manch' anderer politischer
Firlefanz."

Hanna, welche sich soeben über den Tisch neigte, um die
leeren Gläser in Empfang zu nehmen und die ausgelassene An=
spielung des Lehrers hörte, wurde feuerroth im ganzen Gesichte.
Aber sie würdigte den Rücksichtslosen nicht eines einzigen Blickes.
Ein solch' frivoles Benehmen erfüllte ihr unschuldvolles Gemüth
nur mit Ekel und Abscheu. „Schmidtbauer, Schmidt=
bauer," schien sie durch die Zähne zu flüstern, indem sie haftig
das Zimmer verließ, „wie Recht hast du gehabt." —

Um nun den üblen Eindruck von Dünkels Offenherzigkeit
schnell zu verwischen, neckte der Wirth den Arzt, indem er sprach:
„Da sind wir Beide schlimm daran, Herr Doktor. Denn unsere
hübschen Weibchen sind noch nicht so liebenswürdig erzogen, und
los bringen wir sie doch nicht. Aber nur nicht verzagt, vielleicht

erfindet der freie deutsche Geist auch einst einen Gesetz-Paragraph
zur Ausweisung aller bösen Sieben. Wir wären in diesem Fall
offenbar mehr interessirt als bei der Ausweisung der Jesuiten
.... he?"

Schallendes Gelächter folgte seinen Worten. Doktor Friedhof machte zum bösen Spiele eine gute Miene, ergriff das Glas
und sprach: „Was noch nicht ist, das kann Alles noch werden.
Ich erlaube mir daher auf den deutschen Geist, auf die deutsche
Sitte, auf deutsche Cultur und Bildung, auf das große Gesammt-
vaterland und seinen Schöpfer Fürst Bismark, einen Toast auszubringen: sie sollen leben Hoch!"

„Hoch! Hoch! Hoch!"

„Nun aber," begann jetzt Doktor Streithahn im feier-
lichem Advokatentone, „von frommen Wünschen zu ernsten Thaten
meine Herren!

„Wie Sie alle einsehen, ist es für die gute Sache vor allem
nothwendig, daß wir auch unter dem Landvolke einmal festen Bo-
den gewinnen, dazu bedürfen wir aber Ihrer Vermittlung, meine
Herren. Es handelt sich vor der Hand nur um die nächsten
Wahlen. Glauben Sie nun, daß wir mit Ihrer Hilfe unsere
Kandidaten auch in Krauthausen durchbringen werden?"

„Das wird schwer halten", meinte Herr Dünkel, „bei diesen
vernagelten Bauernschädeln, welche gegen Jeden voller Mißtrauen
sind, der einen besseren Rock trägt, als sie."

„Es kommt erst darauf an," ermuthigte Commissär Zornübel, „ein gutes Wort findet einen guten Ort, man muß es
nur recht anschicken."

„An uns soll's sicher nicht fehlen", meinte schmunzelnd Herr
Friedhof.

„Der Herr Wirth," nahm vom neuen Doktor Streithahn
das Wort, „hat vorhin ein Wort gesprochen, das verewigt zu
werden verdient. Er sprach: wollen wir die Pfaffen in der Gunst
des Volkes ausstechen, so müssen wir auch für das Volk Opfer
zu bringen verstehen wie die Pfaffen.

„Ja Opfer müssen wir bringen, meine Herren,' die Heiligkeit der Sache, der Ernst der Zeit verlangt sie von uns. Opfer müssen wir bringen und zwar nicht blos imaginäre, d. h. wir müssen uns nicht blos überwinden, z. B. die vierschrötigen Kerls gleich gebildeten Menschen zu behandeln und ihnen fein hübsch um den Bart zu streichen, da man ihnen am liebsten durch Haut und Haare fahren möchte — sondern wir müssen auch reelle Opfer bringen, klingende oder rauschende Opfer, meine Herren, Opfer an Geld und Gut. Zwischen Stolz und Eigennutz, pflegte schon mein seliger Vater zu sagen, führt die sicherste Brücke in das Herz der Bauern. Und er war doch ein gesuchter Advokat. Diese zwei Leidenschaften fachen denn auch täglich tausend Händel an und füllen die Taschen der Advokaten. So benützen auch wir diese Leidenschaften — der Zweck heiligt das Mittel. Ist den Bauern, wenigstens wie ich sie kenne, um Geld und Gut und Rechtsvortheil Alles feil: ihr Mannswort und ihr Glaube, ihre Religion, ihr Himmel, — ja so zu sagen selbst Weib und Kind: warum sollen wir ihnen dann nicht auch ihren Pfaffengehorsam abschachern können?" —

„Nur Schade, Herr Doktor," fiel ihm da Herr Dünkel laut auflachend in das Wort, „daß die frommen Bauern diese schöne Predigt nicht gehört haben. Aber sie würden Ihnen dessenungeachtet morgen wieder zulaufen. — o das dumme Volk!"

„Zur Sache," mahnte Doktor Streitbahn. „Nicht wahr, Herr Wirth, Sie haben die Gemeindejagd von Krauthausen?"

„Zu dienen, ja — was soll's?"

„Und zahlen dafür jährlich an Pacht?"

„Zwanzig Gulden — warum interessirt Sie das?"

„Und wie viel Stück schießen Sie im Durchschnitt ab?"

„Das wissen Sie ja ohnehin als jährlicher Jagdgast; 70 bis 80 Stück."

„Da machen Sie ja ein famoses Geschäft. Warum bekommt die Gemeinde nicht mehr?"

„Weil sich kein Bauer darum annimmt und ich nicht mehr zahle."

„Und das Forstärar?"

„Weiß, warum es mich nicht treibt."

„Ein schöner Gemeinsinn," murmelte der Lehrer — „aber nun, die Bauern verdienen es nicht besser."

„Haben Sie gehört, Herr Wirth", fuhr nun Doktor Streit= hahn fort, „seien Sie doch ein wenig christlicher mit Ihren lieben Krauthausnern. Zahlen Sie der Gemeinde wenigstens 50 fl. Weil Sie ferner dabei noch ein gutes Geschäft machen, so ver= hindern Sie jede Konkurrenz und nehmen den Pacht gleich auf 20 Jahre, indem Sie gleich ein Kapital pr. 1000 fl. erlegen. Herr Doktor Friedhof tritt mit Ihnen in Compagnie und schießt die Hälfte. Eine Bagatelle für einen so vermöglichen Mann. Dadurch werden Sie nicht nur selbstständige Jagdinhaber, sondern auch große Wohlthäter für Krauthausen. Der Gemeinde erwächst dadurch eine jährliche Mehreinnahme pr. 30 fl. und am Schluß der Pachtperiode noch überdieß die anfangs erlegten 1000 fl. d. i. gleich einer Mehreinnahme von 1600 fl., meine Herren!"

Die ganze Versammlung riß Augen und Maul auf vor Neugierde, wo das Alles hinausführen sollte.

„Zunächst geben Sie uns aber nur bald möglichst ein Enten= oder Scheibenschießen. Wir Helfenburger werden zahlreich erscheinen. Bauern werden so viel als möglich herangezogen. Abends geben wir ein Festessen und einige Gratis=Eimer von Ihrer besten Qualität. Ist's einmal gemüthlich, so steche ich den wunden Pachtfleck auf. Ich mache das lukrative Projekt. Sie ge= rathen natürlich außer sich vor Entrüstung. Ich lasse Sie nicht mehr los. Ich steigere Sie von Gulden zu Gulden — kurz Sie erlegen zuletzt, sei's aus Jux oder mir zum Troß, die 1000 fl.

„Sehen Sie, begreifen Sie, so fällt Ihnen das wirkliche Verdienst und mir der vortheilhafte Schein zu. Der Herr Commissär Zornübel flüstert noch überdieß den einfluß= reichsten Bauern in's Ohr, die anzuhoffende Eisenbahn gehe nur über Krauthausen, wenn sie einen Mann wählten, der gehö= rigen Einfluß auf das Consortium hat. Summa Summarum: ich

will nie in den Abgrund einer gemeinen Bauernseele geschaut ha=
ben, wenn mich die Krauthausner nicht mit Pauken und Trom=
peten bei der nächsten Wahl als den ihrigen erklären."

„Ausgezeichnet, ein prachtvoller Einfall", meinte Commissär
Zornübel. „Vor solcher Genialität leere ich mein Glas," jubelte
Meister Dünkel vergnügt, während der Wirth und der Arzt noch
so ziemlich verblüfft dasaßen.

„Ich habe Ihnen nun meinen Plan vorgetragen, meine
Herren," schloß jetzt Herr Doktor Streithahn, „bei ihnen liegt es,
ihn gütigst zu acceptiren."

„Und sie werden ihn um der guten hl. Sache willen auch
hoffentlich acceptiren — ja Sie müssen ihn acceptiren — wollen
Sie Ihre Thaten nicht in Widerspruch bringen mit Ihren Worten,
wollen Sie nicht zu Verräthern Ihrer liberalen Ueberzeugung
werden" — herrschte ihnen voll Berufseifer Meister Dünkel zu.

„Ja, schlagen Sie ein, meine Herren," drängte auch seiner=
seits Commissär Zornübel. „Welche Ehre, welche Auszeichnung
für Sie, wenn es eines Tages heißen wird, Krauthausen sei
die erste Landgemeinde, welche mit wahrem Verständniß der
Zeit und mit vollkommener politischer Reife gewählt habe."

„Wohlan es sei," sprach der Wirth endlich, „die dummen
Bauern müssen halt mehr Wasser saufen, damit ich nicht zu Scha=
den komme."

„Und bei mir kostet von morgen ab jeder Tropfen Himbeer=
saft 10 kr. also um 9 mehr als früher", sagte der Arzt beistimmend.

„Victoria!" rief jetzt Meister Dünkel, „das laß ich mir
gefallen. Sie sollen nur zahlen die vernagelten Bauerntölpels —
sie sollen zahlen, daß ihnen die Schwarten krachen, damit sie es
fühlen, daß die Welt von der Vernunft regiert wird, weil sie es
nicht hören wollen."

Nun wurde eine gute Weile gemüthlich gezecht, gemeinschaft=
lich zu Abend gespeist, und zum Schluß noch punschirt. Endlich in später
Nacht trennte sich die Gesellschaft. Doktor Friedhof ging in bangen
Sorgen um die eheliche Bewilligung seiner neuen Anleihe nach Hause..

Der junge D ü n k e l fehlte aber im Vorhaus der Dunkelheit wegen die Thür und kam zur Kellerstiege. Dort hörte man gleich einen eigenthümlichen „P l a t s ch" ganz ähnlich wie ein K r a u t h a u s n e r i = s ch e s Schnellbaßl. Und merkwürdig, Meister Dünkel fand jetzt trotz der Finsterniß zum Tempel hinaus. Auch der schlaue Wirth ging heute ein Bischen verdrießlich zu Bette.

Durch K r a u t h a u s e n fuhr wieder die glänzende Kutsche mit den zwei vornehmen Herren. Kaum hatten sie aber die letzten Häuser hinter sich, so sprach der Eine zu dem Anderen:

„Diese einfältigen Narren, sie meinen die Pionniere der Aufklärung zu sein, und sind im Grunde doch nur die Zugochsen an unserem Triumpheswagen." —

„'s war 'ne reine Komödie", lachte der Zweite.

II. Aufzug.

Die Schlacht.

„Auf zum großen Festschießen — zu einem guten Tropfen Bier" — das war eines Tages die Losung nicht nur für ganz Krauthausen, sondern auch für die weite Umgebung.

Und in der That, wer je den lieblichen Bierkeller zur schwarzen Katz gesehen, wie er so freundlich und einladend aus tiefem Waldesgrün hervorlugt; wer je unter jenen schattigen Ahornbäumen gesessen und dem zauberhaften Gesäusel des silberklaren Baches gelauscht, wer endlich von dem „Besten" dort einmal verkostet, der wird gewiß auch die Anziehungskraft des bedeutungsvollen Wortes begreifen: „Heute ist der Keller offen."

Ein guter Gedanke war es darum, dieses anmuthige Plätzchen auch zugleich als Schießstätte einzurichten.

Es war gerade einer jener abgeschafften Feiertage, welche man darum um so gewissenhafter zu halten pflegt, und das herr=
lichste Wetter begünstigte ihn.

Mein Gott! gab es da aber auch Leute. Schon früh am Nachmittage war bereits Alles besetzt und gegen Abend war wirk=
lich kein Tischchen, keine Bank mehr frei. Doch in Gottes freier Natur gibt es ja keinen Zwang. So lagerten sich auch die fröh=
lichen Zecher, so gut es ging, im weichen Moos oder um einen mächtigen Baumstock, den sie als Tisch und Teller benützten.

Schuß auf Schuß knallte, oft erdröhnte der Glück ver=
heißende Pöller, die lustigen Zieler wurden fast heiser vor lauter Juhe schreien und machten durch ihre Grimassen den Leuten noch überdies vielen Spaß.

Hell erklangen dann wieder durch Busch und Wald die lusti=
gen Weisen der wackeren Musikkapelle von Krauthausen.

Es war ein Volksfest im eigentlichen Sinne des Wortes.

Die zahlreichen Herren aus der Stadt, welche als Gäste an=
wesend waren, schienen denn auch einen besonderen Gefallen an diesem ländlichen Treiben zu finden und trugen von ihrer Seite das Möglichste bei zur Belustigung des Tages.

Den Höhepunkt erreichte jedoch das allgemeine Gaudium, als man spät Abends nach Vertheilung der Preise an die glücklichsten Schützen mit klingendem Spiele durch Krauthausen zog. Es ging ja zum fröhlichen Tanze oder zum bereiteten Schützenmahle in der schwarzen Katze.

Und wie schön war es in dem großen Hochzeitssaale für die Schützen hergerichtet. Da stand Gedeck an Gedeck. Nirgends fehlte ein Löffel, eine Gabel, ein Messer. Die blühweißen Ser=
vietten stacken in Schmetterlings = Form zierlich in den Gläsern. Ein mächtiger Luster in der Mitte des Saales verbreitete Tages=
helle, duftende Blumensträuße athmeten allenthalben ihren Wohl=
geruch aus.

„Hanna! du hast dich ausgezeichnet.“ — Nach und nach füllte sich der geräumige Saal mit Gästen, die Gläser erklangen,

die Speisen dampften einladend auf der langen Tafel. Die Stadtherrn, und was drum und dran hing, saßen in der Mitte, die
Bauern zu oberst und zu unterst.

Es wurden Jagdgeschichten erzählt, die sich nie zugetragen,
und Abenteuer zum Besten gegeben, die nie stattfinden werden —
aber man lachte viel und unterhielt sich ausgezeichnet. Besonders
waren es die galanten witzigen Stadtherren, welche die Unterhaltung nie in's Stocken kommen ließen. Am animirtesten wurde
aber das Leben im Saale, als einer der vornehmen Gäste erklärte,
er und seine Kollegen wären in so rosiger Laune, daß sie sich das
große Vergnügen unmöglich versagen könnten, heute alles zu bezahlen, die Bauern möchten es sich also nur schmecken lassen.

Ein stürmisches dreimaliges Hoch auf die freundlichen Gäste
machte sofort den Saal erzittern. Der Inhalt manchen Glases
verschwand nun schneller als zuvor. Die Bahn in die Herzen der
Bauern schien nun geebnet, darum benützte Doktor S t r e i t h a h n
diese Gelegenheit, um mit der bekannten Pachtgeschichte herauszu-
rücken.

„Ich finde," begann er nämlich in launiger Weise, „daß dieser Rehbraten sehr gut ist. Sie nicht, meine Herren?"

„Sehr gut! sehr gut!" hieß es von allen Seiten. „Ausgezeichnet."

„Wie viele Rehe schießen Sie denn eigentlich, Herr Wirth,
im Laufe des Jahres!" fragte er sofort den Gastgeber.

„Je nun, das ist sehr verschieden," antwortete dieser, „je nachdem die Jahrgänge, besonders die Winter sind. Ein Reh kann
am Allerwenigsten erleiden. Auch vom Jagdglück hängt so manches ab."

„Wie sind Sie dann mit dem heurigen Jahre zufrieden?"
drängte der Doktor weiter.

„Nach diesem ist wohl nicht zu gehen," entgegnete der Wirth,
„dieses ist das Beste von allen, die ich gehabt habe."

„Wie viel haben Sie dann bereits geschossen?"

„Das, welches wir verspeisten, ist das neunte. Aber ich hoffe, daß das Dutzend heuer noch voll werde."

„Wie, so viele Rehe gibt es hier?" fragten verwundert mehrere Gäste.

„Und wie viel zahlen Sie Pachtzins, Herr Wirth, wenn man fragen darf?" nahm wieder Doktor Streithahn das Wort.

„So viel wie sonst Niemand — 20 fl. — aber was kümmert Sie das?"

„Wie", schnellte jetzt der Advokat vom Sitze empor, „wie, Herr Wirth, daß wußte ich ja gar nicht, Sie zahlen nicht mehr als 20 fl.?"

„Ich habe es schon gesagt", sagte der Wirth gespöttig, „es zahlt Niemand mehr. Oder hätten vielleicht Sie einen Gusto dazu? Der Rehbraten scheint Sie eifersüchtig zu machen, Herr Doktor."

„Ha! das ist schändlich", fuhr dieser erregt fort, „Bauern! warum rührt ihr euch denn nicht?"

„Ja, glaub's schon, Herr Doktor", meinte der alte Hirschenfranzl, der in seiner Jugend ein leidenschaftlicher Wilderer war und daher diesen Beinamen hatte, „das wäre freilich ein schönes Vergnügen, wenn Unser Einer Zeit dazu hätte. Aber jetziger Zeit, wo die Steuern so hoch sind, erleidet es bei einem Bauer nicht viel Schlenzerei um einen Groschen. Da heißt es jetzt frisch »schanzen« vom »Grabeln« bis zum »Lichteln«, daß es frei eine Schande ist. Ist man dann so müde, daß die ganze »Kripp'n« krachen möchte, so vergeht Einem schon der Appetit zum Fuchspassen. Vor lauter Narren vergeht er ihm. Das ist eben die traurige G'schicht, daß bei uns jetzt Alles mit der Wurst gebunden ist."

„Armes Volk!" seufzte da Doktor Streithahn, „es ist wahrhaft empörend, wie man dich ausnützt. Aber man kann nichts machen, es fehlt uns einfach an Concurrenz und — die Zwangslage ist fertig. Sehen Sie, Herr Commissär Zornübel, wie viele bedauerungsvolle Lücken unsere Gesetze haben. O wie viele Verbesserungen, welche so tief in das Leben des Volkes eingreifen, laffen so hart auf sich warten. Wie viele Mißstände wären noch zu beheben."

„Vielleicht", meinte Herr Zornübel tröstend, „geschieht doch im nächsten Landtag so Manches, wenn nur die rechten Männer gewählt werden."

„Ja, ja! nur die rechten Männer an die Spitze", bestätigte Doktor Friedhof, „sonst hat man sich die Schuld nur selbst zuzuschreiben."

„Dieser Trumpf war einmal gut ausgespielt von Friedhof", kicherte Herr Dünkel dem Wirth in das Ohr.

„Vor allen ein ernstes Wort an Sie, Herr Wirth!" fuhr jetzt Doktor Streithahn wieder in die Höhe. „Seien Sie christli= cher mit Ihrer Heimatsgemeinde. Bereichern Sie sich nicht mit den sauern Schweißtropfen des armen Volkes, es bringt Ihnen keinen Segen. Sie schießen ja außer den Rehen sonst auch noch was . . . .?"

„Das ist Geschmeiß, das nichts zahlt", fiel ihm der Wirth haftig in die Rede, „übrigens brauche ich hier keine Predigt. Man hat ohnehin nichts als Laufereien und Verdruß dabei; um keinen Kreuzer zahl' ich mehr."

„Gut, Herzloser!" sprach der Mann der Gerechtigkeit mit Entrüstung, „Sie sollen es bereuen. Und damit die That dem Worte folge, so erkläre ich mich auf der Stelle erbötig, für das nächste Pachtjahr der Gemeinde statt 20 fl. — 50 fl. Natürlich habe ich außer ein paar Jagdvergnügen keinen Nutzen davon, aber ich thue das dem Volke zu Liebe. . . . ."

„Bravo! das ist schön! das lassen wir uns gefallen, das war einmal ein guter Gedanke!" riefen da die Bauern fröhlich durcheinander.

»Duobus litigantibus tertius gaudet«, erschöpfte Dr. Fried= hof sein ganzes Latein, „d. h. wenn zwei um einen Ochsen handeln, so lacht der Bauer."

„Ich bin zwar nicht so fromm, wie Sie, Herr Doktor, um aus christlicher Liebe zu handeln," that jetzt der Wirth verletzt,

„aber ich bin eigensinnig genug, um aus Trotz, per Hetz zu handeln. Der Wirth zur schwarzen Katz kann sich auch einmal einen Spaß erlauben, der selbst für einen Doktor zu theuer ist."

Alles spitzte neugierig die Ohren.

„Kurz und gut, wenn's der Gemeinde recht ist, so zahle auch ich jährlich 50 fl. Nehme aber, um nicht bald von diesem oder jenem unliebsam belästiget zu werden, den Pacht gleich auf zwanzig Jahre und erlege schon im Voraus das ganze Kapital per 1000 fl. Das wäre also ein Mehr von jährlich 30 fl. gegen jetzt, das macht in 20 Jahren 600 fl., dazu dann das Anlagskapital per 1000 fl. = 1600 fl."

„Liebe Krauthausner, schlagt ein und küßt Herrn Doktor Streithahn beide Hände für die 1600 fl., es ist der Mühe werth", mahnte theilnahmsvoll Commissär Zornübel.

Die Wirkung war überraschend und durchschlagend. Wie hätte es aber auch anders sein können bei einem erwiesenen Reingewinne von 1600 fl.? Doktor Streithahn war nun der Held des Tages. Meister Dünkel schlug sogar vor, ihn augenblicklich zum Ehrenbürger von Krauthausen zu ernennen, oder doch sobald es thunlich sei. Allgemeiner Beifall!

Commissär Zornübel von Pfaffenkirchen wünschte jeder Gemeinde einen Doktor Streithahn als Anwalt, damit sie nicht von einzelnen einflußreichen Geldsäcken ausgebeutet würden, wie dieses bisher noch leider an vielen Orten geschehe. Auch manchen Geistlichen könnte es nicht schaden, welche sich oft um Alles in der Gemeinde bekümmern, nur nicht um das materielle Wohl derselben, wie es z. B. der empörende Fall in Krauthausen nur zu deutlich beweist. Ja ich wollte wetten, ginge es nach dem Wunsche eueres Pfarrers, Krauthausen bekäme nie eine Eisenbahn, oder wenigstens keinen Bahnhof, obwohl das eine brennende Lebensfrage für euch alle ist."

„Ja, ja" wurden mehrere Stimmen laut, „die Geistlichen schauen halt auch vor allen auf sich selbst."

„Darum ist es nicht gut", erklärte Friedhof der Arzt, „wenn sie zu viel gelten. Nach meiner Anschauung ist zwar vieles faul im lieben Oesterreich auch unter dem liberalen Regiment, kommen aber die Schwarzen obenauf, dann wird es noch ärger."

„Gewiß, dann wird es noch weit ärger", brummte ein alter Bierbaß zu unterst am Tische.

„Da dürfte man sich am Ende gar keinen ordentlichen Rausch mehr ansaufen", besorgte »Hansjörg« der Schmiedgeselle, auch »Bier= timpfel« genannt. „Und um 10 Uhr Nachts", fügte der Schnei= der Flips hinzu, „wo uns erst eigentlich lustig wird im Wirths= haus, schlüge man dann vielleicht schon Zapfenstreich." „Na laßt mich nur aus mit den Geistlichen", machte sich auch der »nasse Maurersepp« bemerkbar, „sie wissen schon jetzt nicht, wie viel sie verlangen müssen, wie würde es erst werden, wenn sie zur Herrschaft gelangten. Ich bin freilich meine Kindsleiche von 5 Jahren her noch schuldig, aber das macht nichts, zahlen muß ich doch am Ende, wenn ich so lange zu leben das Glück habe."

„Ich habe zwar eigentlich gegen die Geistlichen nichts", meinte der Hasenführerpeter, der zufällig auch anwesend war, „aber die jungen Dirndl'n habe ich jedenfalls lieber, und nur darum stimme ich gegen die Ersteren." Lautes Gelächter von Seite der vornehmen Gäste folgte diesen Worten. Mehrere Rufe: Also keine Schwarzen!

„Oder wann standen Zehent und Robot in schönster Blüthe, als unter der vollen Herrschaft der Pfaffen!" ließ sich jetzt auch Schleich der Gemeindeschreiber hören.

„Und wer steht uns gut", gab schnell der vorübergehende Wirth darauf, „daß die finsteren Reaktionäre nicht all' diese mittel= alterlichen Lasten wieder einführen werden, wenn sie an's Ruder kommen?"

„Ein entschiedener Wahlsieg der Klerikalen", bemerkte Doktor Streithahn ganz ruhig, „wäre jedenfalls gleichbedeutend mit

einem allgemeinen Weltkrieg, welcher unglückseligen Gewißheit ge=
genüber alle anderen Möglichkeiten außer Betracht kommen."

„Was, Krieg?" schrieen jetzt einige Bauern und Handwerker
ganz erbost. „Ist denn noch nicht genug unschuldiges Blut ver=
gossen worden!"

„Freilich zum Krieg wird es kommen," betheuerte auch Com=
missär Zornübel, „ich kann euch versichern. Es brauchen nur
bei den nächsten Wahlen jene Männer gewählt zu werden, welche
auch die Geistlichen anempfehlen, dann werden sie so ge=
wiß, wie Amen im Gebet, den Kaiser zwingen, mit Frankreich, dem
Feind Deutschlands, ein Schutz= und Trutz=Bündniß einzugehen
zur Wiederherstellung der weltlichen Macht des Papstes — und
das ist der Weltkrieg."

„Nein," meinte ein Witzbold, „der Papst soll sich sein Land
nur selber wieder suchen, warum hat er es verloren," und
die andern lachten dazu.

„Ich meine," warf wieder der Wirth dazwischen, „der Papst
ißt auch ohne Land kein schwarzes Brot, und die Italiener brauchen
das Land nothwendig zu ihrer nationalen Einheit."

„Und der Apostel Petrus ist auch sicherlich nicht sechsspännig
gefahren und doch eben so gut Papst gewesen, wie Pius IX.," er=
gänzte Schleich der Gemeindeschreiber.

„Alles in Allem," resumirte jetzt Magister Dünkel, „ist
nun Jedem aus uns so viel klar, daß man mit dem Rosenkranz
allein heut' zu Tage nicht mehr gut durch die Welt komme. Das
haben die klugen Preußen aber schon lange gewußt, und wären
auch unsere Soldaten bei Königgrätz ein bischen weniger fromm,
aber desto gescheidter gewesen, so wären wir nicht so schmachvoll
geschlagen und heimgeschickt worden. Ja, ja die preußischen Schul=
lehrer haben den frommen Oesterreichern ihre dummen Schädel
fein hübsch gedroschen — aber Recht so, wer nicht hören will, muß
fühlen. Ich erlaube mir demnach auf den sieggewohnten preußischen
Intelligenz=Staat ein Hoch auszubringen." —

Noch klirrten die Gläser, als sich am oberen Ende der Tafel ein Mann erhob, der dem alten Schmidtbauer noch ähnlicher war, als es selbst zwei Zwillingsbrüder sein können. Ganz ruhig und gefaßt benützte er die nächste stille Pause, um auf folgende Weise zu beginnen:

„Meine Herren! da wir in einem konstitutionellen Staate leben, wo man die Redefreiheit besonders hoch zu halten pflegt, so daß man einander auch widersprechen kann, ohne sich deshalb persönlich beleidiget zu fühlen, so werden Sie es sicherlich auch einem schlichten Landmanne nicht versagen, seine Ansichten offen und frei aussprechen zu dürfen."

„Natürlich nicht," hieß es von mehreren Seiten, „nur reden! Bravo!"

„Und Sie werden es natürlich auch dann nicht, wenn meine Ueberzeugungen den Ihrigen widersprechen sollten."

„Nicht im Geringsten," rief Doktor Streithahn, „im Gegentheil, ich liebe den offenen ehrlichen Kampf." Die Bauern blickten aber stolzer um sich, seitdem Einer der Ihrigen das Wort ergriff, denn zu ihrer Rechtfertigung muß gesagt werden, daß sich die Meisten aus ihnen schon lange unheimlich fühlten in dieser Gesellschaft, und daß sie die früheren Aeußerungen einiger leicht= fertiger und lüderlicher Krauthausner im Herzen verabscheuten, nur wollte und getraute sich keiner etwas zu sagen.

„Wohlan denn, meine Herren!" fuhr der Redner mit klang= voller Stimme fort, „man hat hier eben Anschuldigungen vorge= bracht, die mir unbegründet erscheinen, und Auffassungen zu Tage gefördert, mit denen ich nicht einverstanden bin, und zwar nicht einverstanden bin als Katholik, als Oesterreicher und Krauthausner."

„Bravo, Schmidtbauer! das ist schön von dir," riefen jetzt mehrere Bauern. „Rede nur fest von der Brust weg, wir sind schon da, wenn etwas fehlen sollte."

Commissär Zornübel: „Ich muß die Gesellschaft auf=

merkſam machen, daß hier keine politiſche Verſammlung iſt, und
folglich Niemand das Recht hat, eine öffentliche Rede zu halten. . . ."

„Aber denken dürfen wir uns doch noch etwas, Herr Com=
miſſär," fiel ihm da der Holzrüpl in's Wort, „in einer öffentlichen
Gaſtſtube? Seien Sie doch ſo gütig!" Mehrere: „Nix iſt's mit'n
ſtad ſein! G'red't wird. Schmidtbauer, fortfahren!"

„Ich will nun der Ordnung wegen dort beginnen, wo Sie
aufgehört haben. Es wurde nämlich zuletzt die landläufige Be=
hauptung ausgeſprochen, die Oeſterreicher wären bei Königgrätz
von den preußiſchen Schulmeiſtern geſchlagen worden. (Rufe
im Centrum: „ja ſo iſt es.") Wäre ich zum Scherze mehr aufge=
legt, ſo würde ich jetzt an die geehrten Herren die Frage ſtellen,
wer uns denn dann ſpäter in Dalmatien geſchlagen, als wir mit
den Bocchesen rauften, da dieſes halbwilde Bergvolk wohl nie mit
einer Schule oder einem Lehrer Bekanntſchaft gemacht. (Bauern
hell auflachend: „Ausgezeichnet, Schmidtbauer! Köſtlich! Das
iſt die rechte Abkühlung auf den Bildungsduſel von Königg=
grätz. Oder halten denn die Herren unſere hohen Offiziere wirk=
lich noch für dümmer, als die unkultivirten »Bockeſel?«)" „Da
dürfte es ſelbſt für Meiſter Dünkel ſchwer halten, ſchnell eine
Antwort zu finden." (Bauern: „bravo! Herr Dünkel, da iſt
s'Stiegl — ſpring! Hupf hinüber! ha, ha!" Zornübel:
„Meine Herren! ich finde mich veranlaßt, als Gerichtsperſon dem
Redner das Wort zu entziehen, weil er eine vom Staate anerkannte
Confeſſion — will ſagen die geſammte Armee Seiner Majeſtät des
Kaiſers dem Geſpötte preisgab." Holzprügl zu den Bauern:
„das iſt doch zum Teufel holen mit dem Schwammerling!" Zu
Zornübel gewendet: „Sie mein Herr, drehen Sie den Schlitten
nicht um, um uns aufſitzen zu laſſen. Nicht wir, ſondern
Sie behaupten ja die beſchimpfende Dummheit der Armee Seiner
Majeſtät des Kaiſers und zwar als Beamter noch dazu. Pfui
Teufl! daß Sie ſich nicht ſchämen.)" „Da ich aber im Gegentheil
ſehr ernſt aufgelegt bin, ſo will ich es auch im vollen Ernſte be=
weiſen, daß es ſchon im Allgemeinen nicht wahr ſei, daß der Un=

gebildetere im Kampfe mit dem Gebildeteren immer schon natur=
nothwendig unterliegen müsse. Auch hiefür könnte man den Be=
weis im Kleide des Spaßes erbringen.

„Ich könnte es z. B. als dummer Krauthausner trotz
meiner sechzig Jahre noch mit manchem gelehrten Doktor in den
Dreißigerjahren aufnehmen. („Gewiß, gewiß!" oben und unten:
„Schaut's doch den Schmidtbauer an und den Doktor, er zermalmt
ihn ja zwischen seinen Knochen." Doktor Streithahn: „Ge=
meinheiten verbitte ich mir in anständiger Gesellschaft. Uebrigens
werde ich mich schon zu vertheidigen wissen. Nur muß ich den
Redner dringend ersuchen, nicht so weit auszuholen, sich kürzer zu
fassen und bald schließen zu wollen, damit ein Anderer auch ein
vernünftiges Wort reden kann." Bauern: „Nur ungenirt fort=
fahren Schmidtbauer.") „Da ich aber versprochen habe, ernst
zu bleiben, so soll es auch sein. Ich wende mich nun vor allem
an Sie, geehrte Herren, die Sie die Geschichte unstreitig besser
kennen als ich. Ich frage Sie daher, welches Volk war gebildeter,
die Griechen oder die Römer? Nicht wahr, die Römer
nahmen ihre feinere Bildung erst von den Griechen an. Und
doch haben diese nicht jene besiegt, sondern umgekehrt. Also nicht
wie bei Königgrätz. (Bauern: „Hört! hört!") „Wer war
gebildeter, die Römer, deren Gesetzbücher noch heute die Grund=
lage des öffentlichen Rechtes bilden, die Ihnen daher noch von
Ihren Studien her im Gedächtniß sein müssen, oder unsere Vor=
ahnen, die wilden Germanen, welche, ich sage nicht, der Kunst
des Lesens und Schreibens entbehrten, sondern sogar den Gebrauch
der Brücken nicht einmal kannten und darum mit Weib und Kind
ihre eisigen Flüsse oft schwimmend übersetzten? Und doch wer
blieb zuletzt Sieger? der in der Kriegskunst erfahrene Römer
und geübte Soldat, oder der deutsche Barbar? Nicht wahr?
da ging es anders im Teutoburgerwald als wie bei König=
grätz? Die römischen Schullehrer unterlagen. (Bauern:
„Hört! hört!")

„Wer war gebildeter in der Schlacht bei Sempach, die

stolzen Ritter und Grafen aus den besten Geschlechtern, oder die armen Schweizer Bauern, die dazumal auch noch dazu alle fest katholisch waren? Leopold von Oesterreich, die Blume der Ritterschaft fiel mit den meisten seiner adelichen Begleiter, und die blosfüßigen Bauern zogen voll Siegesjubel in Sempach ein. Also auch das Gegentheil von Königgrätz. („Hört! Nur so fort, Schmidtbauer.")

„Doch was greife ich soweit zurück. Wer war gebildeter im Jahre 1809, die sieggekrönten Generäle Napoleons oder der einfache Tirolerbauer Andreas Hofer und sein viel geschmähtes Bergvolk? Und doch haben die wackern Tiroler unter den schwie= rigsten Verhältnissen gesiegt. Also ganz im Widerspruch zu Königgrätz. (Bauern: „Das heißt man den Nagel auf den Kopf treffen mit jeden Schlag. Bravo Schmidtbauer, nur so fort!")

„Wer war endlich gebildeter, im Jahre 1848 die Univer= sitätsstudenten Wiens oder die rohen Kroaten, und wer hat gesiegt? die Zierden der Wissenschaft oder die Männer in Holzschuhen? (Bauern: „Jetzt greift man's bald mit Fäustling' an den Händen. Bravo!")

„Aber wozu einzelne Beispiele? Ging denn nicht von jeher die Völkerwanderung von Norden gegen Süden, währenddem Bildung und Kultur auf dem umgekehrten Wege vordrang? Wie können Sie dieses erklären, meine Herren, wenn Sie den Schul= meistersieg von Sadowa zu einem allgemeinen Glaubenssatz stem= peln? Ich glaube daher an der Hand der Geschichte bewiesen zu haben, daß wir trotz der preußischen Schulmeister bei Königgrätz hätten siegen können, gesetzt auch, daß wir wirklich alle so staunenswerth dumm wären, wie die geehrten Herren in echt pa= triotischer Demuth zu behaupten pflegen, wenn nur alle andern Bedingnisse eines Sieges vorhanden gewesen wären. (Bauern: „Habt Ihr es gehört, Ihr gescheidten Herren?" Holzprügl: „Oder wollen Sie noch auf Ihrer Dummheit bestehen, da es be= wiesen ist, daß wir auch ohne dieselbe hätten geschlagen werden können, worauf Sie das Hauptgewicht zu legen scheinen." Hefti=

ger Widerspruch von Seite der liberalen Herren und ihrem An-
hange. (Großer Tumult. Rufe: „Schluß! Aufhören!" Andere
wieder: „fortfahren, Schmidtbauer!" Redner bittet wiederholt
um Ruhe, die ihm endlich verschafft wird von Seite der Bauern.)

„Die Bildung gibt nur dann den Ausschlag, wenn alle anderen
Erfordernisse in gleichem Maße da sind. Wenn Sie nun fortwährend
behaupten, den Sieg bei Königgrätz habe das Uebergewicht der
preußischen Bildung allein entschieden, ja entscheiden müssen, so gehen
Sie entweder selbst an geschichtlichen Thatsachen mit verbundenen
Augen vorbei, oder Sie suchen das gemeine Volk absichtlich im
verhängnißvollen Nebel von Klum zu erhalten, damit Sie Ihre
Absichten leichter erreichen. Das hieße aber öffentlich für Bildung
und Aufklärung schwärmen, und heimlich das Volk verdummen.
(Heftiger Widerspruch im Centrum. Dünkel geberdet sich wie
rasend. Bauern: „Herr Dünkel, wenn Sie nicht Ruhe geben,
machen wir Sie hinausstehen! Fortfahren Schmidtbauer!")

„Es gibt auch noch andere Ursachen, meine Herren, warum
ein Volk im Kampfe um die politische Herrschaft einem Anderen
unterliegen kann, als die Bildung. Unser hochverehrter Herr
Pfarrer, der heute hier so unehrenhaft angegriffen wurde, worauf
ich noch zurückkommen werde, hat diese Ursachen bei seiner letzten
Predigt auf das klarste dargethan. Ich bedauere sehr, meine
Herren, daß Sie und viele Andere diese schöne Predigt nicht gehört haben. (Heiterkeit im Centrum.) Ich will Ihnen daher eine
kleine Blumenlese daraus vortragen. „Ist ein Volk ungläubig
geworden," sprach er, „so hat das Gewissen in dem einzelnen
Menschen seine Bedeutung, weil seine Richtschnur, verloren.

„Umsonst sucht man aber das Gewissen durch Gesetzesparagrafe
und größtmögliche Verstandesbildung zu ersetzen. Die Giltigkeit
des Gesetzes hängt ja dann doch nur von der Annahme des Unter-
gebenen ab, und die höhere Verstandesbildung zeigt ihm um so
leichter Mittel und Wege, dem aufgedrungenen Gesetze eine Nase
zu drehen. Der sogenannte Rechtsstaat allein trägt demnach schon
den Keim des Todes in sich selber, und wird früher oder später

der machtlose Spielball des menschlichen Eigennutzes und aller übrigen Leidenschaften werden. Ein Volk ohne Gott, ohne Gewissen kennt auch folgerichtig kein Sittengesetz mehr, und bei der Heftigkeit der menschlichen Leidenschaften kann dieses oberste Sittengesetz durch keine, wenn auch noch so gesunde Nützlichkeits-Philosophie ersetzt werden. Es gibt bald keine Unschuld und keine Tugend mehr, die Jugend entnervt sich durch frühzeitige Ausschweifung, der Mann ist abgelebt und entkräftet, junge Greise schleppen ein elendes Dasein dahin. Die Heiligkeit der Ehe geht verloren, unnatürliche Laster schleichen sich ein, das Blut ist in allen Adern vergiftet, der Lebensnerv der gesunden Fortpflanzung ertödtet — und das Volk ist reif zum Abmarsch aus der Weltgeschichte. (Bauern: „Bravo! So ist es! Sehr gut. Ohne Herrn keine Ordnung im Hause, ohne Gott keine Ordnung in der Welt.")

„Ja meine Herren, so ist es. Auch ich achte die Fortschritte des menschlichen Geistes auf allen Gebieten, auch ich achte ein vernünftiges Staatsgesetz, obwohl ich weiß, welchen Unfug die großen Herren mit den Gesetzen treiben. Hat man keins, so macht man eins. Heute verbietet man der persönlichen Freiheit entgegen den freiwilligen Peterspfennig, und morgen fordert man Millionen über Millionen zu Gunsten einiger bankerott gewordener Börsenjuden. Aber wie gesagt, ich achte dennoch Gesetz und Bildung, nur soll man mir nie weiß machen wollen, Gott, der höchst Weise, und sein hl. Gesetz, sie seien dadurch überflüßig und unnöthig geworden. Ohne Gott gibt es keine wahre Bildung, keine unverwüstliche, opferwillige Hingebung an sein Vaterland, also keinen echten Patriotismus; ohne Gott gibt es keine Bürgertugend, keine Pflichttreue, keinen echten Diensteifer, keine Standesehre, keine Bruderliebe, keine Freiheit mehr: der Eigennutz regiert, der Verrath triumphirt, und das Ende ist Schande und Knechtschaft.

(Doktor Streithahn: „Ich bitte um's Wort. Der Kapuziner hat jetzt lange genug geprediget."

Bauern: „Ausreden lassen und sich die Wahrheit zu Herzen nehmen." Holzprügl: „Ja, das geht vorzüglich Sie an, meine Herren, oder doch die Städte, Wien an der Spitze. Denn in dieser ersten Stadt des Reiches, dem Hauptsitz der Bildung und Wissenschaft, waren bei der letzten Rekrutirung ⅔, sage mit Worten zwei Drittel der jungen Leute „französisch," d. h. nicht der Gesinnung nach, da waren sie deutscher als die Berliner, aber.... nun Sie wissen schon, was man darunter versteht. Ist das nicht eine Schande für ganz Oesterreich?" Bauern sehr entrüstet: „Und solche Leute wollen über uns herrschen, überall das große Wort sprechen, über Krieg und Frieden entscheiden? Ja, da glauben wir's schon! Schmidtbauer weiter fahren!")

„Nun wenden wir das Gesagte auf unser viel besprochenes Königgrätz an. Meine Herren, mir liegt es ferne zu behaupten, als wären unsere Heeresmassen damals lauter sittenloser Pöbel gewesen, der kaum mehr zu etwas anderen Kraft und Muth in sich fühlt, als zur Erstürmung von Schandhäusern und Sauftneipen; ich will auch nicht annehmen, daß die Mehrzahl der Offiziere und Mannschaften geradezu ungläubig waren: aber von der getadelten Frömmigkeit in unserer Armee habe ich auch bisher weder etwas gehört noch gelesen. Wohl aber weiß ich, daß die braven katholischen Preußen am Tage vor der Schlacht Regimenterweise die hl. Sakramente empfingen, währenddem auf unserer Seite von so etwas nie eine Rede war, ja nicht einmal die Gelegenheit dazu geboten wurde.

(Bauern: „Herr Dünkel, es wäre wohl besser gewesen, noch ein Bischen weniger gescheidt, aber desto frömmer zu sein. Vielleicht hätten wir dann gesiegt." Der Sagmüller: „Wahrlich, es scheint mir mehr als grausam und rücksichtslos, einen armen Soldaten in die Schlacht hineinzujagen, um sich dem Vaterlande zu opfern, und ihn dann krepiren zu lassen, Gott verzeih' mir's, wie einen Hund, ohne Priester, ohne Trost. Ist das human? Ist das gebildet? Meine Herren, dieser Gedanke ist herzzerreißend für einen

Vater, der drei Söhne auf dem Schlachtfelde liegen hat. Ist das
der Dank des Vaterlandes, dem wir treu und ehrlich Steuer zah=
len, dem wir das Heiligste opfern, daß man die unsterblichen Seelen
unserer Kinder gleichsam mit Gewalt in die Hölle hineindrängt?"
Streithahn und Genossen: „Aber was geht das uns an?"
Sagmüller: „Freilich geht's Sie an. Welchen Staub haben
Sie doch aufgewühlt wegen der stocknärrischen Klosterfrau zu Krakau,
der famosen Ubryk, der ganze Reichstag, sämmtliche Minister
und alle liberalen Blätter heulten damals über die unerhörte
Brutalität einer solchen Behandlung — wenn aber Hunderte von
gläubig katholischen Soldaten, die man zuerst in den Kasernen
gründlich verdorben hat, auf dem Schlachtfelde ohne Priester
sterben, das rührt die edlen Herzen dieser Biedermänner nicht im
geringsten! Meine Herren, ich sage es noch einmal, der Staat
hat nur das Recht, für die Armee, aber nicht für die Hölle zu re=
krutiren! Oder gilt den in Ihren Augen, meine Herren, eine be-
schauliche Klosterfrau wirklich mehr als ein braver Soldat im
Felde? Wenn nicht, warum nehmen Sie sich nicht auch des armen
Soldaten an? Ist das gleiches Recht für Alle?" Keine Antwort.
Todtenstille im ganzen Saale. Mancher Vater wischt sich eine
Thräne aus dem Auge. Endlich ertönt der Ruf: „Schmidt=
bauer, fortfahren.")

„Uebrigens wissen wir jetzt durch Lamarmora's Enthül=
lungen am besten, welchen Werth jener preußische Sieg hatte, denn
wir kennen jetzt den Werth der ungarischen Hilfe. Wenn man
schon so sicher auf die Niederlage zählt, daß man schon einen
König in Bereitschaft hat und die völlige Unabhängigkeit organisirt
— dann weiß man auch, wie man sich in der Schlacht zu benehmen hat, daß sie verloren geht, und die zahlreichen Ueberläufer
mit geladenen Gewehren haben das in der That bewiesen. Meine
Herren, ich glaube demnach, die treulosen Magyaren haben den
preußischen Schulmeistern den Sieg so ziemlich erleichtert. (Ge=
lächter.) Darum ist man denn auch in Preußen bei weitem nicht
so stolz auf den halb verkauften Sieg, als man in Oesterreich stolz

ift auf die wohlverdiente Niederlage. (Andauernde Heiterkeit. Bauern: „Nur die Liberalen sind stolz darauf.")

„Meine Herren! man sagt, wir leben im Zeitalter des Schwindels. Aber noch mehr als mit manchen Papieren treibt man heute zu Tage mit einem Worte Schwindel und das heißt »Bildung«. Schreit und lechzt und jammert doch Alles jetzt nach Bildung. Und es bleibt wirklich nicht bei eitlen Wünschen und leeren Worten. Man baut vor der Hand statt der Kasernen pracht= volle Schulhäuser; statt für die Armee, rekrutirt man allenthalben für die Schule; man beffert die Lehrer auf zu Gunsten der Schule; wir haben einen dreifachen Schulrath und einen Landesschul= inspektor noch überdies; wir schicken unsere Kinder nicht mehr bis 12, sondern bis 14 Jahre in die Schule, und doch meine Herren, ist das meiste an unserer Aufklärungssucht Schwindel. (Commiffär Zornübel: „Wie, Sie wollen sich unterfangen, ein zu Recht beftehendes Ge= setz noch Ihrer Beurtheilung zu unterziehen. Wiffen Sie, daß ein solches Gebahren gesetzwidrig ist. Ich erkläre daher die Versamm= lung für geschloffen." Bindermeister: „Mit Erlaubniß, Herr Commiffär, wir sind beim Schützenmahle und nicht bei einer Ver= einsversammlung. Sie sind daher ein einfacher Gaft, wie Unser Einer, aber nicht Gerichtskommiffär. [Heiterkeit.] Werden Sie uns übrigens nicht so verwirrt. Nur fortreden, Schmidtbauer!")

„Ja meine Herren, das meiste, ich sage nicht Alles, das meiste ist und bleibt reiner Schwindel, das werde ich jetzt beweisen. (Neuer Versuch der Liberalen, die Rede durch Schreien und Lärmen zu zu unterbrechen. Der Wirth will den Schmidtbauer entfernen. Die Bauern nehmen eine drohende Haltung an. Doktor Streithahn zu den Seinen: „Nicht zu hitzig, meine Herren, wir sind heute in der Minderzahl!" Holzprügl: „Aha, sie kommen schon mit der Gewalt. Ein Zeichen, daß es ihnen auf die Leber geht. Da sie aber die Wäsche schon einmal eingeweicht haben, so muß sie auch herausgewaschen werden. Der Schmidtbauer reibt sie aber auch her, daß's eine Freud ist." Bauern: „Er spricht heute wie ein Buch. Bravo! Fortfahren!")

„Nicht wahr, wenn ein Schuster von seinem fertigen Kunst=
stiefel behauptete, er passe für jeden Menschen gleich, so würden
wir ihn für einen Schwindler halten. Ein vernünftiger Schuster
mißt doch zuerst den Fuß und macht dann erst den Stiefel.

„Gerade umgekehrt kam unser neues Schulgesetz zu Stande,
darum ist es kein Wunder, daß es vielen nicht paßt.

(Der Großwieser: „Und wenn der Stiefel nicht paßt,
wenn er drückt, so bekommt man Hühneraugen, die bekanntlich sehr
weh thun. Müssen wir also den fertigen Stiefel schon alle tragen,
so lasse man uns wenigstens ordentlich »Auweh« schreien, warum
hat man uns den Stiefel nicht angemessen.“ Allgemeine Heiterkeit.)

„Meine Herren, wir unterscheiden in Beziehung auf unsere
Lebensbedürfnisse gewöhnlich zwischen Nothdurft und Luxus.

„Zur Nothdurft gehört z. B. daß ich genug gesunde Nahrung
habe, daß ich ein warmes Kleid am Leibe trage, daß ich die aller=
nothwendigsten Auslagen bestreiten könne und meinetwegen für
die Noth noch einen Sparpfennig erübrige. Das ist nothwendig.
Nicht nothwendig, aber besser und schöner wäre es, wenn z. B.
Jeder auch in einer so schönen Kutsche herumfahren könnte, wie
der Herr Doktor; wenn Jeder nach Gusto stets Bier und Wein
im Keller hätte; wenn Jeder schöne leichte Kleider tragen könnte;
wenn Jeder ein so schönes Haus hätte, wie die Herren in der
Stadt; wenn Jeder je nach der Jahreszeit die Himmelsgegend wech=
seln könnte, damit es ihm nie zu heiß und nie zu kalt wäre, —
ja gewiß, das wäre schöner und besser und wünschenswerth für
Jedermann. Aber das tragt's halt nicht, wie wir Bauern sagen.
(Der Simonhiesl: „Ja Schnecken! da heißt's: Strecken nach
der Decken. Und wenn sie zu kurz wird, so muß man halt die
Füß' besser hinaufziehen.“ [Heiterkeit.] „Fortfahren, Schmidt=
bauer! Ausgezeichnet, das heißt man dem Volke aus dem Herzen
reden.“) „Was thun wir demnach? wir begnügen uns mit der
Lebensnothdurft. Meint aber Einer, es tragt's doch und fährt er
z. B. anstatt zu arbeiten in der Welt herum, wirft er mit dem
Geld herum und gibt es recht nobel, — dann sagen die Leute,

das sei ein Schwindler, der gewiß auch noch um das Nothwendige komme bei seinem Luxus.

„Ebenso gibt es auch bezüglich unserer geistigen Kenntnisse für jeden Menschen ein nothwendiges Maß und einen wünschens=werthen Ueberfluß. Nothwendig ist z. B. für Jedermann lesen, schreiben, rechnen, Religionskenntniß. Nicht nothwendig für Jedermann ist's z. B. zu wissen, unter welchem Breitegrade der Erde die Mamellucken leben, welche Kräuter in Arabien wachsen, welche Käfer in Bra=silien vorkommen, und ob das Rhinozeros zu den ein=, zwei= oder Vielhufern gehöre. Ich sage nur, nicht nothwendig ist's, besser wäre es schon, und am besten wäre es, ein Jeder wüßte gleich Alles, dann brauchten wir z. B. keine theueren Advokaten und un=geschickten Aerzte zu fragen — aber das geht halt nicht.

(Der Maier im Thale: „Wenn's aber ging, das wäre doch allerliebst. Ich möchte doch gerne sehen, wie so manchem feinen Doktor das Mistaufladen und manchem zarten Kaufmann der Dreschflegel anstünde. Meine Herren! Sie arbeiten da gegen Ihr eigenes Fleisch und Blut. Je dummer die Menschen, um so besser ist es für Sie, da Sie eigentlich nur von dem dummen Volke leben. Werden daher in unserer Zeit die Kaufläden im=mer schöner, die Advokaten immer reicher an Geld und Zahl, so ist das kein gutes Zeichen.")

„Wenn nun aber ein Gesetz das Hauptgewicht auf zwar an sich wünschenswerthe Nebendinge legt, wenn somit ein Lehrer in der Schule alle 99 treibt, aber nur das Nothwendige vernachläffi=get, — was ist er dann anders als ein überspannter Schwindler, der mit der Nothdurft den Luxus verwechselt! Daher die Klage, daß die Kinder jetzt oft weniger lernen können als früher.

(Der Großhuber: „So soll, wie ich neulich in der Zeitung las, bei der Eröffnung des neuen Schulpalastes in der Stadt der Unterrichtsminister selbst gesagt haben, daß sich die Gymnasial=professoren vielfach beklagen, daß die Buben aus den Volksschulen nicht mehr recht deutsch können. Und das will doch was heißen, wenn der Vater gegen sein eigenes Kind Zeugniß ablegt. Hätte der Minister aber einen Buben gefragt, woher dies komme, so würde er, wie unsere Kinder geantwortet haben, »wir müssen ja immer Häusl machen jetzt.« Ist das nicht Schwindel? „Weiter, Schmidtbauer!")

„Meine Herren, die Städter mögen ihre Kinder erziehen wie sie wollen, sie haben wahrlich Zeit dazu und können nichts besseres thun, aber man soll von uns auf dem Lande nicht ebensoviel fordern.

„Von was leben denn Sie, meine Herren, und wir, als von unserer Hände Arbeit. Müssen nun unsere Kinder bis 14 Jahre in die Schule, und mit 20 schon wieder in die Kaserne, wann, ja wann um des Himmelswillen sollen sie dann arbeiten!

(Bauern einstimmig: „Sehr wahr, Schmidtbauer!" Der Tiefenthaler: „Es hat schon einmal geheißen, die Herren im Reichstage wollen die Feiertage abschaffen, damit wir Bauern mehr Zeit zur Arbeit hätten. Ich meine, sie sollen uns wenigstens die Werktage lassen, und nicht 14jährige Kinder in die Schule stecken, welche bereits Knecht und Dirne abgeben können. Da handelt es sich gleich für einen armen Bauern um 100 fl. das Jahr. Dieses Schulgeld ist ein Bischen theuer, meine Herren!" Nicht enden wollender Beifall. „Fortfahren!")

„Meine Herren, auch ich habe ein Bischen mehr gelernt, als meine anderen Standesgenossen und es hat mir wahrlich nicht geschadet. Aber kennen thue ich welche, denen es geschadet hat, die trotz ihrer fachlichen Studien um Haus und Hof kamen, welche sie vielleicht noch besitzen würden, wären sie nie über ihr Heimatsdorf hinausgekommen. Was nützt alle Weisheit, wenn man Anforderungen an das Leben zu machen gelernt hat, die man in unserem Stande nicht lange ungestraft befriedigen kann. Die Ueberbildung macht endlich wirklich oft unpraktisch. Die Büchermenschen sind viel zu viel in der Luft und da wächst nichts, sagt der Bauer. Man braucht wahrlich keinem Bauernbuben je zu lehren, wie er eine Leiter aufstellen solle, mancher gelehrte Doktor würde es ziemlich linkisch und verkehrt angreifen. So bestieg auch

4

ich einmal mit drei Herren, es waren gerade drei Doktoren ver=
schiedenen Faches, einen hohen Berg im schönen Salzkammergut.
Wir waren schon fast zu oberst, als ich mich, eine gewisse Pflanze
suchend, auf einen Augenblick von den Herren entfernte. Als ich
zurückkam, was thaten sie? Sie bemühten sich, einen kopfgroßen
Stein zu ledigen, um ihn abzulassen. „Aber ich bitte, was treiben
Sie?" rief ich erschrocken, — es war zu spät, der Stein war da=
hin. In immer mächtigeren Bögen flog er nach unten. Vor
einer Sennhütte war ein Brunnen. Mehrere Senninen wuschen
gerade ihre Geschirre. Eine Schaar Kühe weidete ringsum. Da
kam der wuchtige Stein geflogen in Kirchthurm hohen Bogen.
Wir hätten alle vor Angst keinen Tropfen Blut mehr gegeben.
Jetzt erst, da es zu spät war, begriffen die Männer der Wissen=
schaft meine augenblickliche Besorgniß bei ihrem unschuldigen Ver=
gnügen. Es war ein Zufall, oder wenn man lieber will, eine Aus=
nahme, daß diesesmal der Gescheidte das Glück hatte, der Stein
flog darüber. (Bauern: „Zu was Allem gewisse Herren nicht fähig
sind! Mit manchem gelehrten Mann könnte man Häuser einrennen,
ohne daß er es merkt, vor lauter Mondscheinlichkeit.")

„Wer war aber praktischer, der Bauer oder die Gelehrten?
(Holzprügl: „Da könnt's schön zugehen morgen, wenn wir
über Nacht lauter Doktoren würden.")

„Kurz und gut, ich glaube bewiesen zu haben, daß mit dem
Wort Bildung jetzt ungeheuer viel Schwindel getrieben werde,
daß ferner in Oesterreich noch nicht Alles so gränzenlos dumm sei,
wie die Herren glauben, obwohl ich jede persönliche Ueberzeugung
achte (Heiterkeit), und daß von der Neuschule allein, welche oft
in Tyrannei ausartet, Oesterreichs Rettung nicht abhänge, auch
wenn sie durch und durch preußisch wäre, d. h. wenn man auch
bei uns die Lehrer hungern ließe wie dort, dem Grundsatz gemäß:
»Plenus venter non studet libenter.« „Je hungriger, desto ge=
scheidter."

„Als Patriot glaubte ich diese Ehrenrettung meinem Vater=
lande schuldig zu sein. (Sehr gut. »Es lebe Oesterreich!«)

„Ich spreche jetzt als katholischer Christ. Meine Herren!
Man hat hier soeben einen maskirten Flankenangriff gegen die
Geistlichkeit unternommen. Warum? Man will die Geistlichen
um das Vertrauen des Volkes bringen. Warum? Damit sie
ihren Einfluß auf dasselbe verlieren. Warum das? Weil man
sie fürchtet. Warum fürchtet man sie? Weil man etwas anderes
will als sie, weil man Absichten hegt und sich mit Plänen trägt,
welche die Diener der Kirche nie billigen werden, nie billigen
können. Ist es nicht so, meine Herren? Ich bin nicht mit jedem
Geistlichen einverstanden, aber mit dem Stande als solchem bin
ich einverstanden, weil seine Sache auch die Meinige ist, sowie die
eines jeden gläubigen Katholiken. Ich weise demnach diesen hinter=
listigen Angriff mit Abscheu zurück. (Bauern: „Bravo, S ch m i d t=
b a u e r, du sprichst uns aus der Seele! Mit solchen Fabeln und
Märchen, wie man sie hier gegen die Geistlichkeit vorbrachte, mögen
die Mondbewohner ihren König täuschen, wenn man so schwach
und einfältig ist. Auf der Welt glaubt so was kein Mensch mehr,
am allerwenigsten ein K r a u t h a u s n e r. Weiterfahren, S ch m i d t=
b a u e r! die Geistlichen sind unsere natürlichen Bundesgenossen.")

„Es ist hier unter anderen auch gesagt worden, der Papst
brauche sein Land nicht mehr. Italien sei es anständig, und er,
der Papst, esse deßwegen doch kein schwarzes Brot. (Wirth laut:
„Ja, ich habe es gesagt, weil es wahr ist.") Gut, Herr Wirth,
Nicht wahr! dir ist erst neulich der Gustav durchgebrannt! Der
Wirth ärgerlich: „Freilich und zwar mit 1500 fl., der nieder=
trächtige Hallunke." War Gustav reich oder arm? „Gewiß war
er arm, der Schuft, bettelarm war er, als er zu mir kam." Nun,
dann waren ihm die 1500 fl. gewiß sehr anständig, und du ißt
deßwegen bei meiner Seel' doch noch kein schwarzes Brot, fährst
auch noch viel nobler daher, als der Pfarrer von Krauthausen.
(Bauern: „Sehr gut. So lange man sich Vergnügen verschaffen
kann, die selbst einem Doktor zu theuer sind, ist man nicht zu be=
dauern.")

4*

„Noch mehr," fuhr der Redner fort, „Herr Wirth, du darfst nicht einmal schimpfen und schmähen über den armen Gustav, der sich in die Zwangslage versetzt sah, dich berauben zu müssen. Du mußt ihn vielmehr offen umarmen, wenn er dir morgen begegnet, so wie es die lieben Wiener mit Victor Emanuel gemacht haben. Das heiße ich dann Consequenz und gleiches Recht für Alle. (Rufe: „Ganz richtig! Klar wie eine Stiefelwichs." „Entweder ist der Diebstahl eine Sünde oder nicht. Ist er eine Sünde, - so ist es auch gefehlt, wenn man ein Königreich stiehlt. Ist Diebstahl aber nicht Sünde, so ist es auch nicht gefehlt, wenn man mit 1500 fl. durchgeht. Wer **A** sagt, der muß auch **B** sagen, wenigstens bei uns in Krauthausen, bei den gesinnungstüchtigen Wienern mag das Anders sein," erklärte treffend der Einöder.) Ist der Diebstahl dort nicht Sünde im Großen, warum hier im Kleinen? (Der Wirth verläßt zornglühend den Saal.)

„In Sonderheit wurde aber auch unser hochw. Herr Pfarrer angegriffen. Ich bedaure sehr, wie dieses geschehen ist. Wahrlich, ich habe von höherer Bildung bisher auch eine höhere Meinung. gehabt. Ich hätte geglaubt, sie wäre mit Gemeinheit unverträglich. (Commissär: „Wie, Sie erfrechen sich, mich zu beschimpfen, wo ist die Polizei?" Wir Pfaffenknechte in Krauthausen bekommen keine, weil sie die Männer der Freiheit so sehr in Anspruch nehmen. Heiterkeit, Rufe: „Ja wohl, zum Predigt losen, um nicht selbst gehen zu müssen.") Uebrigens, was kann ich dafür, daß Sie das Gesagte auf sich beziehen? Ja, gerade deßwegen bedaure ich es, weil Sie ein k. k. Beamter sind, und darum schon von Amtswegen berufen wären, die Autorität zu schützen und nicht zu untergraben. Oder wollen Sie auch in Oesterreich spanische Zustände herbei= führen? Mein Herr, wenn der Stein einmal in's Rollen kommt, bleibt er nicht mehr liegen. Aber wie soll ich denn etwa Ihren Seitenhieb auf unseren Herrn Pfarrer anders bezeichnen? Meine Herren, unser Herr Pfarrer lebt bereits 30 Jahre in unserer Mitte. Er hat also seine ganze Manneskraft, ja sein Leben uns Krauthausnern gewidmet. Es gibt kein Haus mehr, in das er nicht schon die

Wegzehrung der Sterbenden getragen, keine Stunde, wo er nicht zu Kranken eilte, es gibt kein Kind, das nicht er getauft, und keine Ehe, die nicht er geschlossen. Und was er sonst noch uns Allen und jedem Einzelnen gethan, das weiß Gott, der gerechte Vergelter. Ich aber sage es frei heraus, und ich schäme mich auch der Thräne in meinem Auge nicht, ich verdanke ihm unend= lich viel. (Große Bewegung unter den Bauern. Der Kreuz= berger als Zechprobst: „Unser Herr Pfarrer ist ein Ehrenmann wie kein Zweiter." Alle Krauthausner bis auf Einige laut und gerührt: „Ja, das ist er!" Kreuzbauer: „Und wenn es heute in Krauthausen ein Bischen anders aussieht, als vor 30 Jahren, so verdanken wir es vor allen ihm!" Alle wieder: „Ja, gewiß!")

„So lassen wir ihn auch in unserer Gegenwart nie mehr beschimpfen, und heute bringen wir ihm zur Genugthuung ein dreimaliges Hoch aus. (Alle Bauern erheben sich von ihren Sitzen, nehmen den Hut ab, und rufen, daß der ganze Saal erzittert: „Unser guter Herr Pfarrer lebe hoch!" Manchen brach aber die Stimme dabei. Der alte Schmidtbauer wischt sich die Augen aus und fährt dann tiefergriffen fort):

„Ja, meine Herren! bedenken Sie, unser Herr Pfarrer hat trotz seiner 45 Dienstjahre, trotz zwölfjährigen Studiums nur 400 fl. fixen Gehalt, also um 200 fl. gleich weniger als z. B. unser Lehrer schon im ersten Jahre nach einem vierjährigen Studium; aber man wollte ihn befördern. Er wäre Dechant, ja Domherr geworden, aber er wollte nicht. »Krauthausner,« sprach er, »ich habe unter euch und für euch gelebt, ich will auch bei euch sterben, in eurer Mitte schlafe ich einstens am besten.« Und wie, dieser Mann soll nicht zu uns, zu seiner Gemeinde halten?

„Herr Commissär Zornübel! bewundern Sie einen Charakter, den Sie nicht begreifen, denn ich zweifle sehr, ob Sie aus reiner Liebe zu den Pfaffenkirchnern in Amt und Stelle blieben, wenn man Ihnen einen Statthalterposten antrüge! (Der Getroffene blickt verlegen vor sich hin, — aller Augen sind auf ihn gerichtet.)

„Ueberhaupt, meine Herren, wer es mit dem deutschen Nero, wer es mit Bismark und seinen Henkersknechten halten will, der mag es thun, ich aber halte es als gläubiger Katholik mit Papst und Kirche. (Beifall: „Wir Alle.")

„Nun noch ein Wort als Krauthausner. (Der Wirth äußerst aufgeregt: „Jetzt ist es aber genug, du ausgewaschenes Betbrudermaul! Ich will doch sehen, ob ich noch Herr im eigenen Hause bin. Noch ein Wort, — und ich lasse dich hinaus= werfen durch meine Knechte." „Dazu wäre wahrlich schon lange Zeit gewesen", hetzte Herr Zornübel. „Was", ging da der Ge= meindevorstand von Krauthausen auf, „wer wagt es, unseren wackeren Schmidtbauer zu beleidigen? „Herr Wirth! schämen Sie sich nicht, einen Mann zu beschimpfen, der Sie noch als kleinen Buben auf seinen Armen getragen, der bereits mehr vergessen hat, als Sie je gewußt; einen Mann, auf welchen heute jeder echte Krauthausner mit Stolz und Freude blickt?" (Bauern: „Unser Schmidtbauer soll leben! Hoch, hoch, hoch! Jetzt aber ausreden!" Der Redner dankt und fährt fort:)

„Ja, meine Herren! widerlegen können Sie mich, aber das Reden dürfen Sie mir nicht und laß' ich mir nicht verbieten. Ich habe sechzig Jahre lang geschwiegen, aber ich hörte in letzterer Zeit so viel Geschwätz um mich herum, daß mir endlich das Ge= lüste zum Reden kam. (Heiterkeit.)

„Es ist wohl schon viele Jahre her, seitdem ich noch als Studentlein in die Vorlesungen ging. Vieles habe ich seitdem ver= gessen, Manches ist mir aber geblieben So auch ein Satz aus Virgil, welcher lautet: Ich fürchte die Danaer, auch wenn sie Ge= schenke bringen." Dieser Satz fiel mir nun ein, als heute hier vor unseren Augen und Ohren die famose Pacht=Komödie in Scene ging. („Was, Komödie?" schreit Doktor Streithahn). Nun so nennen Sie es Tragödie, mir ist es einerlei. Vielleicht nimmt die Sache auch bald einen ernsteren Charakter an. Ja, ich ver= hehle es nicht, augenblicklich dachte ich nach, woher die väterliche

Besorgniß und die opferwillige Theilnahme eines Advokaten, die doch bekannter Maßen nicht einmal den Mund umsonst öffnen, für uns K r a u t h a u s n e r auf einmal kommen möge.

„Da half mir nun der Herr Commissär, wie ich glaube, schnell auf die rechte Spur. Er wünschte nämlich allen Landgemeinden einen solchen Anwalt. Das heißt denn doch in's klare Deutsch über= setzt nichts anders, als, wählt bei der nächsten Wahl Doktor S t r e i t= h a h n zu eurem Abgeordneten, Ja? (S t r e i t h a h n: „Und glaubt Ihr, ich wäre nicht im Stande euch zu vertreten?") O gewiß, wenn Sie nur wollten. (S t r e i t h a h n: „Aber wißt Ihr ja schon, daß ich durchaus euer Abgeordneter werden will?") Mein Herr! ich befinde mich dessen ohngeachtet in keinem Widerspruch, wie Sie glauben. Unser Abgeordneter und unser Vertreter, das können eben ganz verschiedene Dinge sein. Das erste wollen Sie sicher — am letzteren habe ich Grund zu zweifeln. Oder sind Sie wirklich gegen die kirchlichen Gesetze, gegen die Civilehe, gegen die confessionslose Schule nebst 8jähriger Besuchungspflicht? Sind Sie wirklich gegen die Krachpartei, welche den Schwindel großge= zogen, und darum tausend und tausend armer Menschen an den Bettelstab gebracht, und statt den verheißenen volkswirthschaftlichen Aufschwung den Staatsbankerott in nächste Aussicht gestellt hat! („Aber mein Herr", sprach da der Doktor, „ich habe ja noch gar nicht kandidirt, darum habt Ihr auch kein Recht, mich zu interpel= liren.") Da haben wir's. Aber Herr Doktor, es könnte Ihnen leicht einmal einfallen, zu kandidiren, und dem wollte ich durch mein heutiges Auftreten vorbeugen. Ich bin Ihnen aber deßwegen keineswegs gram, Herr Doktor. Es ist eben zu verlockend heut' zu Tage, in den Landtag, oder jetzt gar in den Reichsrath zu kommen. Das ist ja der natürliche Weg zur Ministerbank, zu Verwaltungsrathsstellen, zu Palästen und Millionen. Schon Man= cher hat diese Tour mit Glück und Geschick zurückgelegt. Was macht es dann dem großen gemachten Mann in seinem Palaste auf der Ring= straße zu Wien, oder in einem erworbenen Fürstenschlosse in der Pro= vinz, was macht es ihm, daß die untersten Sprossen seiner Ruhmesleiter nur dumme Bauern vom Lande sind, die ihn nämlich gewählt haben. Doch, meine Herren, die undankbarste Rücksichtslosigkeit solcher Emporkömmlinge, welche nicht nur das Gegentheil von dem anstreben, was ihre ländlichen Wähler wollen, sondern sogar die politischen Rechte der Landbevölkerung auf alle mögliche Weise verkürzen und beschränken, ja, meine Herren, die himmelschreiende Ungerechtigkeit dieser emporgehobenen Leute muß in uns Bauern endlich den festen Entschluß zur Reife bringen, keinen mehr empor zu heben, sondern ehrliche Männer aus unserer Mitte zu wählen. Ja, das wollen wir wenigstens so lange, bis unser sauer erworbener Steuergulden auch so viel gilt, wie der des reichen Kaufmannes, bis wir vor dem Gesetze ebensoviel gelten, wie die Schuster und Schneider der Märkte, bis wir, zwei Drittel der gesammten Landesbevölkerung, wenigstens ebensoviele Abgeordnete haben, als das übrige Drittel. Die liberalen Stadtherren sollen uns zuerst unsere entzogenen Rechte und Freiheiten herausgeben, dann erst wollen wir den Versicherungen ihrer zärtlichen Liebe zu uns glauben, früher nicht.

„Man sagt, die Bauern seien nicht fähig zum Abgeordneten. Nun, »ja« und »nein«. sagen und die Diäten einschieben werden sie denn doch können, und was hat mancher liberale Herr während der ganzen Zeit seines Mandates anders gethan? (Bauern: „Bravo Schmidtbauer! Sehr gut. Um 10 fl. den Tag zehnmal »ja« sagen, wenn's irgend ein Minister wünscht, das können wir auch, und ist einträglicher als Erdäpfelgraben.")

„Aber nein! das ist ein Irrthum. Meine Herren, die Schweiz ist unter den Männern von »Rütli« frei, reich und groß geworden, und blieb es auch, so lange die Stimme des Schweizerbauers entscheidend war. Von jenem Augenblicke an aber, wo die reichen Städte die Herrschaft immer mehr an sich rissen und das Uebergewicht bekamen, beginnt auch die dunkle Schattenseite der Schweizer-Geschichte. Unter der heutigen Advokatenregierung ist aber gar die »freie Schweiz« ein weltbekannter Spitzname. Erzählen Sie das, Herr Doktor, Ihren Kollegen zu Hause, damit sie erkennen, daß das Landvolk endlich zum wahren Verständniß der Zeit und zur politischen Reife gelange.

(„Ja Schmidtbauer", riefen jetzt alle Krauthausner, „du haſt Recht, mit dir wollen wir's halten.")

„Zum Schluſſe noch eine kleine Geſchichte. Es war vor 14 Tagen, als ſich irgendwo fünf Männer in einem kleinen Zimmer zuſammenfanden. Zwei Stücke von der Geſellſchaft waren fremd an dem Orte, die anderen drei waren einheimiſch. Nachdem nun die Herren weidlich geſchimpft und geſchmäht hatten über die dummen Bauerntrotteln, über die heimtückiſchen Pfaffen und ihr elendigliches Vaterland, gingen ſie daran zu berathen, ob es nicht möglich wäre, den Vornehmſten unter ihnen zum Abgeordneten zu machen, um ihre Geſinnung auch höheren Ortes geltend machen zu können. Dieſer Vornehmſte der Geſellſchaft hatte aber ein Ge= ſchäft, das ihn veranlaßt, häufig mit den verſchlagenſten und eigen= nützigſten Menſchen zu verkehren. In Folge davon rechnete er auch die Bauern des Ortes zu dieſer ſauberen Menſchengattung. Er er= bat ſich daher von zwei Mitgliedern dieſer Geſellſchaft 1000 fl., ſteckte ſie in den Sack, um ſie in dem rechten Augenblicke dem charakterloſen Bauernvolke zuzuwerfen, damit man ihn wähle. Und er war ſeiner Sache ſchon ſo ſicher, daß er ſogar gewettet hätte, um dieſen Preis werde ihn das perfide Volk dem Gewiſſen und den Pfaffen zum Trotze mit Pauken und Trompeten am Tage der Wahl als den »Seinigen« erklären.

(Ungeheure Aufregung unter den Bauern. Die geſpannteſte Aufmerkſamkeit. Man hätte eine Maus laufen gehört, ſo ſtille wurde es im Saale.)

„Weil es nun für euch alle, meine Freunde, vom großen Intereſſe und ſehr lehrreich iſt, zu wiſſen, wer denn diejenigen ſeien, welche von dem Landvolke von uns Bauern überhaupt eine ſo gute edle Meinung haben; weil es ferner vielleicht nothwendig iſt, dieſen Herren einmal recht feſt in's Auge zu ſchauen, um ihre Geſichts= züge nicht zu vergeſſen, wenn ſie wieder im Umgange mit uns von süßem Lächeln verklärt werden, so will ich auch jetzt Ort und Namen nennen.

(Die Erbitterung der Bauern ist auf's Höchste gestiegen. Die Meisten ballen schon die Faust im Sacke. Rufe: „Bravo Schmidtbauer! Heraus mit den Namen. Wir wollen dieses wälsche Banditenvolk kennen, das uns mit dem Dolch in dem Sacke liebend umarmt." Große Unruhe auf Seite der Liberalen. Sie scheinen auf Nadeln zu sitzen.)

„Wohlan, so höret. Der Ort heißt Krauthausen. — Das Zimmer ist in diesem Hause. — (Bauern hitzig in das Wort fallend: „Und die Herren?"): Sind Doktor Streithahn, — Commissär Zornübel, — unser Wirth, — Arzt — und Lehrer!

(Unbeschreiblich war das Spektakel, das jetzt los ging. Es bedurfte des ganzen Einflusses des alten Schmidtbauers und des Gemeindevorstandes, um die gereizten Gemüther vor Thätlich= keiten zurückzuhalten. Nur diesen beiden Männern hatten es die liberalen Herren zu verdanken, wenn sie von diesem Festschießen ohne blaue Denkmale heimkehrten.)

Der Redner endlich fortfahrend: „Ja, meine lieben Kraut= hausner, der heutige Tag war nur der zweite Aufzug einer Komödie, deren erster Akt vor 14 Tagen im kleinen Herrenzimmer zur schwarzen Katz spielte. Heute geschah nur, was man da= mals unter einander abkartete.

„Krauthausner! wollt ihr also wirklich, wie diese Herren meinen, so gemein und charakterlos sein, und um einige Groschen eueren Glauben, euer Gewissen verrathen, euere Mannesehre be= flecken, gegen euere Ueberzeugung wählen?

(Alle stehen auf und rufen laut: „Nein, nie und nimmer= mehr!")

„So zahle heute ein Jeder ehrlich seine Zeche. (Bauern: „Ja wir brauchen den selbstmörderischen Gifttrank nicht.")

„Ich aber will großmüthig sein, und mich des geschlagenen Feindes erbarmen. Ich will morgen statt dem Wirth und dem unglücklichen Doktor die tausend Gulden bei der Gemeinde erlegen, ohne daß ihr mich wählen müßt. Die Armen! Judas bekam für seinen Verrath doch 30 Silberlinge, ein Verräther bei Königgrätz doch noch 5 fl. in Silber, aber unsere liberalen Stadtherren sind noch unverschämter als die Pharisäer und Preußen, ihre Verräther an Krauthausen sollen auch noch zahlen, und zwar die Kleinigkeit von 1000 fl.!"

Tief bis in die Seele beschämt, und schäumend vor Wuth stürzten jetzt die Pioniere der Aufklärung unter dem Landvolke zur Thüre hinaus. „Herr Dünkel", rief der alte Schmidtbauer launig dem Lehrer nach), der ihm noch einen ingrimmigen Blick zurückgeworfen hatte, „nur nicht zu nahe an die Kellerstiege, wo man die Schnellbatzl austheilt."

Die Schlacht war geschlagen, der Sieg entschieden, und der gefeiertste Name in ganz Krauthausen war der des alten Schmidt=bauers.

———— —

Schluß.

Die falschen und die wahren Freunde.

Mehrere Wochen sind seither verflossen. Die Wahl ist vorüber. Krauthausen und Umgebung hat katholisch patriotisch gewählt. Aber es bedurfte ihres ganzen Muthes und ihrer vollen Energie, um ihren konservativen, katholischen Candidaten durchzubringen. Die Bauern hatten sich eben nicht überall schon so weit losgerissen von der liberalen Bevormundung, wie im hinter=schattigen Krauthausen. Ja Manche behaupteten sogar, der liberale Candidat sei ihnen von diesem oder jenem Geistlichen empfohlen worden. Solchen hielt man aber entgegen, daß schon unter den Aposteln ein Judas war, und daß liberale Geistliche immer die ärgsten Speichellecker gegen die weltliche Regierung seien, wie man das besonders bei dem altkatholischen Afterbischof Reinkens sehe, der sich nicht genug schimpfen kann über den „herrschsüchtigen Wütherich" Papst Pius IX., aber schweif= wedelt, wie ein Hund, wenn vom deutschen Blut= und Eisenkaiser, dem Kirchenstürmer Wilhelm, die Rede ist.

Andere kamen wieder mit der Parole: „Nur keine Schwarzen, sonst ist's ganz aus!"

Geht's, seid doch nicht so dumm, sprachen da die Kraut= hausner, das geht ja nur vom Landesgerichtsrath Steindelbeiß aus, der übrigens sogar ein Freund der Geistlichen sein soll, aber halt vor Allem selbst gerne gewählt wäre. Das schrieb er, wie wir sicher wissen, dem Maier auf der Hech, und jetzt geht's durch's ganze Land. Natürlich, dem einfältigen Mann mußte es zu sehr schmeicheln, daß sich ihm ein Landesgerichtsrath sogar schriftlich anvertraute.

Am besten wird es am Ende doch sein, meinten wieder Andere, wir wählen einen Beamten, wir haben viel mit diesen Herren zu thun, und es ist immer gut, wenn man sie »guter« hat. Sie können uns auch am leichtesten helfen, z. B. bei Schul= und Straßenbauten.

Die Krauthausner waren auch hierin anderer Ansicht. Sie sagten, die Regierung hätte vor dem Jahre 1848 aus lauter Beamten bestanden; hat man nun diese Regierung damals gestürzt, warum sollen wir sie heute wieder einführen, indem wir brav Beamte wählen. Uebrigens sei der Reichstag da, die Regierung zu überwachen. Daher ist es nicht gut, wenn der Ueberwacher und der Ueberwachte eine und dieselbe Person sind. Da könnte man leicht den Bock zum Gärtner machen.

Indessen sei es keinem Beamten zu verargen, wenn er gerne gewählt wäre, er möchte halt auch gerne mehr sein, als er ist. Auf diesem Wege wird man aber nur was, wenn man mit der herr= schenden Partei durch Dick und Dünn geht. „Seid ihr denn aber mit der jetzt herrschenden Partei wirklich in allem einverstanden?"

„Nein." „So wählt also nicht gegen euch selbst. Was aber die angezogene Hilfe von Seite der Beamten anbelangt, so seid ihr äußerst kurzsichtig. Helfen euch denn diese Herren aus ihrem eigenen Beutel?" „Nein, aus Landesmitteln." „Wenn es aber alle Bauern so machen, wie ihr, und allen so geholfen wird, wer muß es dann zahlen?" „Das Land." „Also ihr selbst. Wenn euch aber Jemand das Pferd vom Pfluge ausspannt, um es euch zu schenken, werdet ihr ihm dann wohl die Hand küssen dafür?" „Nein." „Also."

So einigte man sich endlich auf einen kugelsicheren kath. Bauer im Milchgau. Freilich hatte man noch liebe Noth mit den Stimmzetteln. So hatte z. B. ein alter Schulfuchs, der sonst sehr fromm ist, den bäuerlichen Wahlmännern schon zu Hause den liberalen Candidaten aufgeschrieben, damit sie an Ort und Stelle kein »G'scher« mehr hätten, wie er sagte. Er that dies wahrscheinlich darum, damit man bei der Prüfung ein Aug' zudrücke, wenn er das »Mangelnde« durch schöne Blumenstöcke ersetzt.

Manches hat sich jedoch unterdessen verändert. In der großen Gaststube zur schwarzen Katz ist es jetzt unheimlich öde und leer. Die Bauern, der älteste Stammgast mit eingerechnet, sie kommen nicht mehr. Denn sie sagen, warum sollen wir unser sauer verdientes Geld einem Manne in's Haus tragen, dem wir viel zu schlecht sind.

Gilt schon Niemand etwas bei ihm als die noblen Stadtherren, gut, so mögen sie auch kommen, sein Bier zu trinken.

Aber auch im kleinen Herrenzimmer ist es nicht minder langweilig geworden.

Der Fortgeschrittenste in der Gesellschaft, der junge Meister Dünkel hat sich auf einen bedeutungsvollen Wink von oben um eine neue Berufssphäre umgesehen, wie man sagt, um einen Ehrenbeleidigungsprozeß von Seite des allgemein geachteten Herrn Pfarrers aus dem Wege zu gehen.

Doktor Friedhof hat seitdem entschiedenes Pech. Zuerst fiel er bei seinem dicken Finanzminister in gänzliche Ungnade.

Frau von Zahlrecht hat sich von ihm getrennt. Begründeter Zweifel an ehelicher Treue und wiederholte Betrügereien von seiner Seite sollen sie zu diesem resoluten Schritte bewogen haben.

Dann spielte ihm sein Talent, auf daß er nun wieder gänz=lich angewiesen war, einen Possen nach dem anderen. So ließ er z. B. einem alten wassersüchtigen Manne auf dessen Verlangen, um leichter Athem schöpfen zu können, fleißig zur Ader. Der Athem wurde wirklich leichter, aber der Mann blieb todt auf dem Stuhle. Dieser Fall machte schon von sich reden, aber es kam noch ärger.

Ein sogenannter Wunderdoktor hatte eine arme Bäuerin, welche schon durch sieben Jahre so kontrakt war, daß alle Glieder verrenkt und verzerrt waren, buchstäblich erschunden. Er wollte ihr nämlich die Füße gerade machen, damit sie wieder gehen könne, und ließ sie zu diesem Zwecke durch ein paar handfeste Knechte so lange strecken, bis sie gerade wurden, d. h. bis sie brachen. Die Unglückliche soll bei dieser Operation so jammervoll geschrieen und gebeten haben, daß sie einem Stein hätte erbarmen mögen. Doch „nur jetzt nicht auslassen", herrschte der Grausame den Knechten zu, „noch einen Ruck und es ist vorbei." Es war auch vorbei, die Kranke erlebte nur ihre Gesundheit nicht mehr.

Was schrieb nun aber Doktor Friedhof als Todtenbe=beschauer in den Todtenzettel? „Krankheit: Gestorben an Alters=schwäche." Das war doch ein wenig zu arg. Doch selbst dieser zweite Fall wurde bald durch einen dritten und letzten, den Besten von allen, übertroffen.

Eine junge Dirne aus der Nachbarschaft verthat, wie die Leute sagen, ihr Kind. Der Bauer, bei dem sie im Dienste war, zeigte die Sache an. Es kam eine Commission. Der Gerichts=arzt konstatirte eine Frühgeburt und fragte demnach das unglückliche Mädchen, ob sie medizinirt habe? „Ja", gab es offenherzig zur Antwort, „ich hatte so heftige Krämpfe, da ging ich zu Doktor Friedhof, und bat ihn um etwas. Er gab mir auch eine Medi=zin in einem Gläschen, hier ist noch die Hälfte."

Der Gerichtsarzt steckte das Gläschen zu sich.

Jetzt fing die unglückliche Mutter heftig zu weinen an und betheuerte bei allen Heiligen, sie hätte dem Kinde nicht schaden wollen, aber auf das Einnehmen sei es immer noch ärger geworden, bis das Unglück geschehen. Da es nun aber schon geschehen wäre, so wollte sie auch ihre Schande verbergen, und ihr todtes Kind während der Nacht selbst im Gottesacker begraben.

Auf dieses hin nahm sie der Untersuchungsrichter noch eigens in's Verhör, verfaßte sein Protokoll, und reiste nach Hause.

Tags darauf wurde der Arzt Friedhof vor Gericht geladen und befindet sich seitdem in Untersuchung. Man spricht bereits vom Verlust des Ausübungsrechtes seiner Praxis und — Zucht= haus. Denn dieses Mal soll es nicht beim Wissen, sondern beim Gewissen gefehlt haben.

Und der Herr Wirth? Auch ihm geht es schlecht. Er liegt seit drei Tagen tief im Bette, ein ungemein heftiges Fieber wüthet in seinem Körper.

Als er das letzte Mal in der Stadt war, mußte er nämlich des Guten all' zu viel gethan haben, den er fuhr bei stockfinsterer Nacht wie ein rasender Narr nach Hause. Unglücklicher Weise warf er um, und stürzte dabei so heftig auf die Straße, daß er eine schwere Gehirn= erschütterung erlitt und bewußtlos liegen blieb. Da aber die Nacht sehr frisch war und es lange herging bis man ihn fand, so schlug sich auch in Folge der Verkältung eine akute Lungenentzündung dazu. Die Aerzte sagen, er sei unrettbar verloren und mag froh sein, wenn er noch einmal zum Gebrauche der Vernunft kommt.

Wie ein Wahnsinniger schlägt er die ganze Zeit um sich, ruft allerlei tolles und wirres Zeug durcheinander, nur zwei Per= sonen, seine Frau und sein Kind, scheint er zu kennen. Aber merkwürdig, währenddem er seine treue Gattin nicht in seiner Nähe, ja nicht einmal in dem Zimmer duldete, — eine harte Probe und schwere Kränkung für das theilnahmsvolle Herz eines edlen Weibes, — gehorchte er wieder Hanna's Bitten wie ein Kind.

Während der letzten Stunden muß jedoch das Fieber so ziemlich nachgelassen haben, denn der Kranke genießt schon längere Zeit eines ziemlich ruhigen Schlafes. Mäuschenstille sitzt Hanna an seiner Seite, ihre rothgeweinten Augen mit angstvoller Besorgniß auf den geliebten Vater gerichtet. Keine, auch noch so unmerkliche Bewegung entgeht ihr, mit innigem Dankgefühl scheint sie die erquickenden Augenblicke der Ruhe zu zählen. Mit kindlicher Andacht faltet sie zuweilen ihre Hände und betet voll Vertrauen: „O Maria, du Heil der Kranken, bitte für uns." Dann wischte sie ihm wieder ganz leise die großen Schweißtropfen von seinen Schläfen.

Endlich erwachte der Kranke. Aber nicht blos aus seinem Schlummer, sondern auch aus der finsteren Nacht seines Geistes. Lange richtete er sinnend und fragend seine Blicke auf Hanna, kein Wort kam über seine Lippen. Endlich schien der Zusammenhang in seinem Gedächtniß wieder hergestellt, denn seine Gesichtszüge nahmen einen überaus wehmüthigen Ausdruck an. Auch Hanna war bisher keines Wortes mächtig, ja sie fürchtete sogar, durch den ersten Laut ihrer Stimme den früheren Wahnwitz des Vaters von neuem zu wecken. So ergriff sie denn ihre Schürze, um ihre Thränen zu verbergen, ihren lauten Schmerz zu ersticken. „Hanna, mein Kind", sagte jetzt der Wirth im gerührten Tone, „liebst du mich denn?"

„Ach Vater! armer, guter Vater!" schluchzte das Mädchen, und bedeckte seine ausgestreckte Rechte mit heißen Küssen.

„Warum hast du mich dann an den alten Schmidtbauer verrathen, du, mein Kind?" beschuldigte der Kranke seine Tochter.

„Nein Vater!" eiferte diese sofort, in ernster und feierlicher Weise, „mein Vater, verrathen habe ich dich nicht. Wohl habe ich dem alten Schmidtbauer geklagt, weil er es so gut mit uns stets gemeint hat, aber schaden wollte ich dir nicht. Gewiß, das lag mir ferne. Ich meinte es gut, mag auch der Schein gegen mich sein."

„Aber darf denn ein gutes Kind bei fremden Leuten über

seine eigenen Eltern klagen! Hanna! hat dich das der fromme Schmidtbauer gelehrt?

„Vater," flehte nun weinend das Mädchen, „du thust uns Beiden Unrecht. Höre mich einen Augenblick ruhig an, und du wirst mich milder beurtheilen. Schau," fuhr sie dann sich näher an das Bett anschmiegend und mit der flachen Hand über die heiße Stirne des Kranken streifend fort. „Schau Vater, es gab einmal eine Zeit, wo du ganz anders warst als jetzt. O ich denke es noch, wie du mir allabendlich das „Schutzenglein" vorgebetet hast, so lange bis ich es konnte. Ich werde immer daran denken, so oft ich es bete, und danke dir noch heute dafür, denn ein Gebet, das ein Kind von seinen Eltern erlernt hat, betet es auch immer mit größerem Segen. Ich weiß es ferner noch recht gut, wie du mich täglich zur hl. Messe führtest, als du mir das Händefalten und schön Knien lehrtest. Ich danke dir noch heute recht herzlich dafür. Wie warst du doch damals so freundlich und fröhlich und herzensgut mit allen Leuten. Die Gäste gingen dir von weitem zu, das Gastzimmer war immer voll an Sonntagen. Wie glücklich waren da ich und die gute Mutter, und gewiß auch du warst nicht unglücklich. Als du aber anfingst, so häufig in die Stadt zu fahren, immer länger auszubleiben, als du nur mehr mit den feinen Stadtherren verkehrtest, da wurde plötzlich Alles anders. Du gingst nicht mehr in die Kirche, sprachest verächtlich vom guten Herrn Pfarrer und der Geistlichkeit überhaupt, vernachläßigtest das Geschäft und die bäuerlichen Gäste, — ja sogar dein Weib und Kind. Und doch war die arme Mutter stets so gut mit dir. Kamst du auch um drei oder vier Uhr Früh nach Hause, in dem Zimmer der besorgten Mutter brannte noch ein Lichtlein, sie war die Erste am Wagen, nahm dir Mantel und Peitsche ab, weckte den Hausknecht und leuchtete dir über die Stiege. Sie war oft so krank — und du hattest nicht ein freundliches Wort für sie. O Vater, ich sah meine gute geliebte Mutter zu oft weinen, und ich bin jetzt zu groß, um ihren Schmerz nicht zu begreifen, wenn sie ihn auch vor ihrem Kinde aus Liebe zu dir verbergen möchte. Ich sah sie hinwelken wie eine frische Blume, ich sah sie leiden, langsam sterben, und werde vielleicht bald an ihrem Grabe stehen, eine zweifache Waise, denn was hilft mir ein Vater, der kein Herz mehr hat für sein eigen Kind. . . . . . ."

Ein heller Thränenstrom entquoll ihren Augen, der Schmerz erstickte ihre Stimme, mächtig hob und senkte sich ihre Brust. Der kranke Vater war tief ergriffen. Er wollte reden, er öffnete sogar schon die Lippen, doch seine Kehle schien zugeschnürt, kein Laut kam von seiner Zunge.

„Vater," fuhr sie dann im flehenden Tone weiter, „kannst du es nun einem Kinde, das um sein höchstes Erdenglück, um das Vaterherz betrogen, noch verargen, wenn es im Angesicht der Mörder seines und seiner Mutter Glück gleichsam außer sich und in Wuth geräth! So aber war mir damals zu Muthe, als die liberalen Stadtherren zu uns kamen und so freundlich mit dir thaten. Ich habe mir genug gehört. Ihnen zürne ich, und nicht dir, meinem Vater, denn sie trifft die Schuld. Du bist nur ihr unglückliches Opfer. Sollten sie daher noch einmal kommen, so will ich nicht mehr klagen und weinen, ich verspreche es, aber hintreten will ich vor sie und mit christlichem Freimuthe werde ich ihnen sagen, daß sie gefühllose, grausame Menschen seien, welche das Glück und den Frieden der Familien untergraben, indem sie durch ihre Grund= sätze die heiligsten Bande lockern, die zartesten Gefühle ertödten und die liebevollsten Herzen entzweien. Laut aufschreiend vor Schmerz werde ich meine graugebleichte Mutter umschlingen, damit sie sich an dem vollendeten Werke ihrer Bosheit mit eigenen Augen weiden können. Dann werde ich sie fragen, ob sie das (unter Humanität), unter Bildung und Aufklärung, unter Freiheit und Fortschritt ver= stehen? Ob sie mit einem ähnlichen Jammer die ganze Welt be= glücken wollen? „Vater, ich verstehe zwar nichts von Politik, aber unmöglich kann das Heil der Welt von solchen Männern kommen, welche im Stande sind, den besten Familienvater seiner Familie, und den gläubigsten Christen seiner Kirche zu entfremden.

„Solche Männer kennen ja keinen Gott als sich selber, kein

Glaubensbekenntniß als Selbstsucht und Eigennutz, kein Sittengesetz, als unbeschränkten sinnlichen Genuß. Lug und Trug ist ihre Geschichte, Heuchelei und Verstellung ihre Kunst, rücksichtslose Unverschämtheit ihre Waffe. Gott möge es verhüten Vater, aber solltest du jemals gezwungen sein an der Thüre dieser deiner liberalen Freunde anzuklopfen, du würdest sie ebenso herzlos finden gegen dich, als wir sie gegen uns, wenn du aufgehört hättest Mittel zu ihren Zwecken zu sein.

Ein lauter Weheruf entrang sich da der schwerathmenden Brust des Vaters. „Höre auf, mein Kind," bat er, „es ist genug, du hast mich zu Tode getroffen. Ach, wenn du erst wüßtest, . . . ja du hast Recht, mein Kind, nur zu Recht hast du." „Und du bleibst in Zukunft wieder bei uns zu Hause, nicht wahr, guter Vater?" flehte jetzt Hanna freudig erregt. „Du gehst nicht mehr in den liberalen Verein, sondern wieder mit mir in unsere Kirche; gehst wieder zur heiligen Beichte und Communion, und bist wieder recht gut und liebevoll mit mir und der Mutter." Traurig blickte der Vater auf sein Kind. Thränen füllten seine Augen. „Hanna," sagte er endlich mit matter Stimme, „du bist ein gutes, frommes Kind. Gott möge es dir belohnen. O könnte ich dir Millionen vererben, ich würde dann leichter sterben." —

„Aber Vater," entgegnete das Mädchen, welches einem Engel gleich an seinem Bette saß, „du sollst nicht sterben, sondern uns noch lange recht glücklich machen. Uebrigens wäre die Hälfte von dem, was du mir hinterläßt, für mich mehr als genug."

Mit einem schweren Seufzer begleitete der Kranke diese Worte. „Aber", rief er dann in unheimlicher Aufregung, gleich als wollte sein Geist sich von neuem verdunkeln, „wenn ich dir gar nichts hinterließe, mein Kind. Wenn du nach meinem Tode arm, ja bettelarm wärest, was dann? Würdest du mir fluchen? . . . . . ."

„Nein Vater, gewiß nicht," war die Antwort. „Wenn ich nur wüßte, daß du im Himmel seiest. Für mich gibt es nur einen unerträglichen Schmerz, nämlich immer fürchten und denken zu müssen, mein Vater sei ewig . . . ."

5 *

„Ach, sprich es nicht aus das schreckliche Wort," wehrte der Kranke, „noch ist es Zeit. Laß mich jetzt eine halbe Stunde ruhen, mein Kind, dann bitte deine Mutter zu mir."

„Gewiß, du bist auch mit der Mutter so lieb als mit mir," flehte Hanna den Kranken innig auf die Stirne küssend, „o wie wird sie sich freuen!"

Die halbe Stunde war vorüber. Die bleiche Frau stand am Krankenbette ihres Mannes. Minuten vergingen und noch sah Eines das Andere schweigend an. Lautlose Stille herrschte im ganzen Zimmer, um so lebhafter arbeitete es aber in zwei mensch=lichen Herzen. Tausend halbvernarbte Wunden sprangen in dem Einen auf's Neue, Reue und tiefe Beschämung verzehrten das Andere.

Endlich ermannte sich der Kranke und sprach, seine Gattin zu sich auf das Bett niederziehend: „Gute Marie, ich habe so=eben mit meinem Kinde gesprochen und mich überzeugt, daß es stark genug sei und auch den Willen habe, einem unglücklichen Vater zu verzeihen. Wirst aber auch du, schwergekränktes Weib, die Kraft und den Willen haben, einem treulosen Manne verzeihen zu können?"

„Mein Mann," gellte es durch das Zimmer, und die bleiche Frau sank ohnmächtig an die Brust ihres Gatten. Hanna eilte herbei, um der Mutter beizustehen. Doch diese kam bald wieder zu sich und winkte dem Kinde sich zu entfernen. Heilige, über=irdische Freude schimmerte durch ihre Thränen, als sie mit beiden Armen den kranken Mann umschlang und freudig bewegt ausrief: „Ich wußte es ja, mein Josef, ich wußte es schon in jener Nacht, als du das erste Mal mit einem vergifteten Herzen heim=kehrtest und meinem offenen Blicke nicht mehr zu begegnen wagtest, ja ich wußte es, daß du einstens wiederkehren würdest an dieses Herz, das für dich ein vollkommenes Opfer der Liebe geworden; in dieses Heiligthum, das ich nur dir geweiht und treu bewahrt; in diese Arme, welche sich so oft für dich inbrünstig flehend zum Himmel erhoben! — . . . ."

Zermalmend war die Wirkung dieser Worte, doch das Weib fuhr tröstend weiter: „Frage nicht lange, mein Herz, ob ein christliches Weib verzeihen könne. Siehe, ich bin in diesem Augenblicke nicht weniger glücklich als damals, als wir gerade heute vor achtzehn Jahre nach unserer Hochzeit dieses Zimmer das erste Mal betraten. Wohl hat seitdem tiefer Kummer meine Wangen gebleicht, und der Keim des Todes macht sittliche Fortschritte, — aber mein christliches Pflichtgefühl und meine eheliche Liebe ist noch so innig und jung, wie damals. Eine Liebe, welche Gott zum Grunde hat, ist ewig, weil Gott ewig ist."

„Schöne, edle Seele," sagte der Kranke, indem er die weißen Hände seiner Gattin zitternd an die heißen Lippen führte, „du machst mir Muth zu meinem letzten Kampfe. Denn noch eine Prüfung steht dir bevor, vielleicht die größte von allen." „Nur heraus damit," ermuthigte heldenmüthig die Frau, „erleichtere dein Gemüth. Es ist meine Pflicht und mein Wunsch, Freud' und Leid' mit dir zu theilen."

„So höre denn," stieß nun der Kranke mit gewaltiger Anstrengung hervor, „höre die schreckliche Wahrheit — und fluche mir, Marie, ich bin ein Bettler, kein Strohhalm ist mein Eigen. Heute oder Morgen können wir schon die Pfändung in dem Hause haben. O es ist schaudervoll . . . . . das ist eben mein Wahnsinn, meine Krankheit, mein Tod!"

„Aber um des Himmels Willen, du bist ja doch wieder von Sinnen, Josef, klagte die Frau.

„Nein, gutes Weib," widersprach er, „ich bin nicht von Sinnen, ich habe dich und mein geliebtes Kind wirklich an den Bettelstab gebracht."

Die gute Frau schüttelte ungläubig den Kopf und war offenbar mehr um den Sprecher, als um das ganze Vermögen besorgt.

„Ich bin schändlich betrogen, ein Opfer des Schwindels, des heillosen Kraches," jammerte wiederholt der Kranke voll Verzweiflung und verhüllte sein Angesicht mit den weichen Kissen.

Wie vom Blitze getroffen, fuhr zwar die arme Frau zu=
sammen, aber sie hatte dennoch nur Worte des Trostes und der
Ermunterung für den unglücklichen Mann. Dieser bedurfte aber
geraume Zeit, um die nöthigen Aufschlüsse geben zu können.

Er hatte sich auf Zureden des Doktor Streithahn als passiver
Gründer bei einer Bank betheiligt. Was heißt das? Er haftete
einfach für eine gewisse Summe Geldes mit seinem ganzen Ver=
mögen. Auf diese Weise schuf man ein großes Scheinkapital, um
Vertrauen zu gewinnen und der jungen Bank auf die Beine zu
helfen. Wäre aber das Vertrauen hinreichend geweckt gewesen und
die Bank zur Blüthe gelangt, so hätten diese passiven Gründer
ihre Pfandbriefe unter der Hand wieder zurückbekommen und für
den harmlosen Freundschaftsdienst eine königliche Remuneration
erhalten.

So war es ausgemacht und allgemein beschlossen worden.
Etwaiger Schaden sollte nur die Aktionäre treffen. Aber der Mensch
denkt und Gott lenkt, was schon oft gelungen, gelang diesmal nicht,
die junge Bank überraschte der Krach. Zwar zogen sich auch da noch
die meisten Gründer aus der Schlinge, aber an denen dem Ver=
waltungsrath am wenigsten lag, deren Pfandbriefe lieferte er dem
Gerichte zur Amtshandlung aus.

Unter diesen war auch der Wirth zur schwarzen Katz. Er
wurde gestraft, womit er gesündiget hatte, durch die nämlichen
Männer, denen er mit Leib und Seele ergeben war. „Was sollen
wir den Trottl von einem Wirth schonen," sprach Doktor Streit=
hahn zu den übrigen Verwaltungsräthen, „der nicht einmal im
eigenen Dorfe eine liberale Wahl durchzusetzen vermag." —

Wir übergehen jetzt einen Familienauftritt, der zu rührend
ist, um ihn mit kalten Worten zu entweihen. Mutter und Tochter,
obwohl selbst in namenloses Weh zerflossen bei dem Gedanken an
ihre Zukunft, wetteiferten dennoch mit einander in dem gleichen
Bestreben, den unglücklichen Mann vor Verzweiflung zu retten,
Und wann hätte wahre Tugend und Liebe im Kampfe mit dem
Laster nicht triumphirt?

Es dauerte nicht lange, und man sah die Frau Wirthin eiligen Schrittes und mit einem gewissen Ausdruck überirdischer Freude dem Pfarrhof zuwandern.

Bald darauf tönte die »Speisglocke« vom Thurme. Die frommen Bewohner des Dorfes ließen Alles liegen und stehen und eilten zum Segen. Beim Weibervolk wirkte mitunter freilich auch die Neugierde mit, wohin es gehe. Alle waren aber erstaunt, als es hieß, es gelte dem Wirthe zur schwarzen Katze, der vor drei Tagen noch frisch und gesund gewesen, der ging ja nie in die Kirche, flüsterte das Eine, und meines Wissens auch schon lange nicht mehr zur hl. Beicht, zischelte ein Anderes. Doch dahin ging's. Voran der Ministrant mit dem Glöcklein und Lichte, dann der Herr Pfarrer mit dem Allerheiligsten, hinter ihm sämmtliche Dorf= bewohner, der alte Schmidtbauer an der Spitze. Unter dem Hausthore empfingen Hanna und ihre Mutter das allerhl. Sakra= ment mit brennenden Kerzen und geleiteten den Zug in das Kranken= zimmer, da stellte der Pfarrer das Allerheiligste zuerst auf den bereiteten Tisch und nahte dem Kranken, um ihn zu begrüßen. Die Leute wollten sich entfernen. Lassen Sie die Leute ein wenig bleiben, Herr Pfarrer," bat der Kranke, „ich habe ihnen eine heil. Pflicht zu erfüllen."

Neugierig drängten sich die Leute von Neuem in das Zimmer. Der kranke Wirth richtete sich nun auf und sprach: „Liebe Kraut= bausner! ich will freiwillig thun, was sonst mein Beichtvater verlangen müßte, ich habe euch öffentlich Aergerniß gegeben und bitte euch darum heut' aufrichtig um Verzeihung. Besonders bitte ich aber Sie darum, tiefgekränkter Seelsorger dieser Gemeinde, und dich Schmidtbauer, schützender Engel meines Hauses, schwer ver= kannter Freund. Ihnen Beiden empfehle ich auch ganz besonders meine unglückliche Familie an. Ich bereue alle meine Fehltritte und Verirrungen, besonders aber die unglückselige Unterschrift unter die altkatholische Döllinger=Adresse. Betet für mich, daß mir Gott verzeihe und lebet wohl!"

Bis zu Thränen gerührt verließen die Leute das Haus.

Bis lange in die Nacht hinein verweilte der Herr Pfarrer bei dem Sterbenden, und die Unglücklichen tröstend, trat auch er endlich den Heimweg an. In seinem Zimmer angekommen, warf sich aber der greise Mann vor das Bildniß des Gekreuzigten hin, um ihm zu danken für das arme Schäflein, das verloren war, und welches er wieder gefunden.

Zwei Tage darnach läuteten die Glocken dem Wirth zur schwarzen Katz zu Grabe. Krauthausen sah nie eine größere Leiche, und dachte nie eine so allgemeine Theilnahme und Rührung.

Noch am selben Tage wurde der hinterlassenen Witwe Alles gepfändet, nur ließ man ihr einen Termin von drei Wochen, wenn sie die abverlangte Summe etwa auf andere Weise erbringen könnte.

Die drei Wochen nahten ihrem Ende zu, als eines Abends Hanna und ihre Mutter trostlos im großen Gastzimmer saßen, und sich gegenseitig vorweinten. „Alles, alles verlassen, was man liebt und gewohnt ist von Jugend auf," klagte Hanna, „das ist denn doch härter, als ich meinte." „Wie, meine Tochter," tadelte die schwergeprüfte Mutter, „reuet dich das gebrachte Opfer wieder? Hast du nicht versprochen, nie zu klagen? Mir ist tausendmal lieber deines Vaters Seele gerettet, als sein Vermögen."

„Mutter, Mutter!" rief jetzt das Mädchen, „ich habe es nicht so gemeint. Ich will nicht mehr klagen."

Ein liebevoller Kuß von den Lippen der Mutter war ihre Belohnung.

Da trat ein Amtsdiener in die Stube mit einer ämtlichen Erklärung, worin besagt wurde, daß es von der schließlichen Versteigerung sein Abkommen habe, und die vorläufige Pfändung aufgehoben sei, da ein gewisser Schmidtbauer, mit dem sie es in Zukunft allein zu thun hätten, die fragliche Summe für sie erlegt.

Ein lauter Freudenschrei ertönte durch das Zimmer, Hanna lag jubelnd am Herzen ihrer Mutter.

„Mäßige dich doch, mein Kind," sagte diese, „deßwegen weil

der Schmidtbauer das Geld erlegt, ist das Haus noch nicht uns, sondern ihm. Woher er nur auf einmal das Geld haben mag? . . . . ."

Er hat sein Lehen verkauft und noch einige Sparpfennige dazugethan," sprach der alte Freund des Hauses unter der Thüre.

Hanna ließ sich nicht mehr halten, sie flog ihm an den Hals und weinte die ersten Freudenthränen seit langer Zeit.

„So erwürge mich doch nicht, du Schlingel," scherzte der Alte, „oder wolltest du mich gleich ganz auferben?"

„Aber Schmidtbauer," fragte die Mutter, „ich weiß nicht, träume ich, oder höre ich recht, du hast doch nicht für uns das Opfer gebracht, deine Heimat verkauft . . . . ."

„Nun, sei es für immer," entgegnete der Alte, ich habe halt' die schwarze Katz gekauft und schenke sie wieder meinem Hannal. Aber aufgepaßt, mein Kind! fromm und brav bleiben, wie du jetzt bist. Christliche Zucht und Ordnung halten im Hause, wie es früher geschah. Vor allen keine schlechten Zeitungen und dergleichen. Kurz nichts gegen den Willen des Pfarrers. Hast du das gehört? Sonst würde sich einst mein Segen für dich in Fluch verwandeln."

„Und was gedenkst dann du zu beginnen?" fragte tief ergriffen die Wirthin den edlen Wohlthäter.

„Ach Mutter," fiel Hanna ein, „er muß bei uns bleiben, so lange er lebt. Er darf nichts mehr essen, als was ich koche, kein Hemd tragen, das ich nicht wasche, in keinem Bette schlafen, das ich nicht mache. Gelt, du bleibst bei mir, mein zweiter, guter Vater?"

„Ja, ja, recht gerne," meinte der gute Mann, indem er sich eine Thräne aus den Augen wischte, „ich glaube auch, daß du das Alles halten wirst, was du mir heute versprochen, und nach meinem Tode weißt du ohnehin schon meinen Willen."

„Siehe, mein Kind," fügte nun die Mutter belehrend hinzu, „jetzt hat sich erfüllt, was ich dir so oft gesagt habe. Gott verläßt die Seinen, die Unschuld nicht. Könnte er nicht anders helfen, er würde einen Engel vom Himmel senden, um uns zu schützen und zu schirmen. Ein neuer Grund für dich, stets recht fromm und gottesfürchtig zu bleiben."

„O Mutter," entgegnete Hanna, „mein Glück ist doppelt so groß, weil ich es mit einer so guten Mutter theile. Gewiß, unser heutiger Trost ist Gottes Lohn für dein langes christliches Dulden."

„Apropo," unterbrach jetzt der einstige Stammgast, „es geht schon gegen sechs Uhr. Wißt ihr was? Wir feiern heute die Wiedereröffnung der schwarzen Katz. Hanna! gehe du geschwind hinauf zum Herrn Pfarrer und ersuche ihn als künftige Hausfrau, er möchte es unter deinem Regimente wieder halten, wie zuvor. Wir sitzen uns wieder auf die gleichen Plätze, an den gleichen Tisch. Auch der neue Lehrer ist wieder ein christlicher Mann und wird fleißig zu uns halten. Halt! auf dem Rückweg kannst du mir auch meinen alten Maßkrug wieder holen, der ohnedies schon lange das Heimweh hat. Und nun hoffe ich, kann's wieder gemüthlich werden bei der schwarzen Katz in Krauthausen." —

Das Mädchen eilte davon wie der Wind.

Jetzt erst ergriff die bleiche Frau die Hände des alten Schmidtbauers und sagte laut schluchzend: „Mein Gott, ich weiß gar nicht, wie ich dir danken soll. Schmidtbauer, das ist unerhört unter den Menschen, ein solches Opfer für ganz fremde Leute?"

„Aber nicht unter den Christen, die sind sich ja nie fremd," war die Antwort. „So hast du z. B. einen Mann als reumüthigen Büßer im Himmel, und ich ein schuldloses Weib. Somit sind wir Geschwisterkinder, und da kommt eine Erbschaft wohl oft vor."

„O seliger Mann," flehte jetzt die fromme Witwe, „du warst so besorgt um unsere Zukunft. Jetzt wirst du sanft ruhen im Grabe. Möchte dieser Augenblick doch auch die Stunde der Erlösung sein, — vielleicht aus schweren Leiden. Dann magst du in Gottes Nähe unserem Wohlthäter besser danken, als wir es auf Erden können. Und ich! ich kann dir nun getrost in die Ewigkeit folgen, da mein heißgeliebtes Kind eine sicherere Stütze gefunden hat,

als mich schwaches Weib." Eine gewisse Röthe fuhr bei diesen
Worten wie ein hellaufflackernder Lichtschimmer durch ihre bleichen
Wangen.

Noch eine geraume Zeit plauderten die zwei einzigen Personen
in der großen Gaststube gemüthlich mit einander. Und wie ihnen
der Diskurs zusammen ging! Theilten ja beide den gleichen
Schmerz und den gleichen Trost, — Trennung in der Zeit, und
Wiedersehen dort in der Ewigkeit.

Endlich erschien Hanna unter der Thüre. „Nun was ist's?"
fragte der Schmidtbauer, „kommt der Herr Pfarrer oder nicht!"

„Er kommt schon," antwortete die Gefragte, „aber erst über
eine Weile. Er hat noch sehr nothwendig zu thun."

„Was hat er denn gesagt? Hanna!" erkundigte sich die
Wirthin.

„O Mutter!" entgegnete die Tochter, „du hast gar keinen
Begriff, wie liebenswürdig der gute Herr Pfarrer war. Wie sehr
als es ihn freut, daß wir wieder glücklich sind, besonders aber, daß
der arme Vater mit Gottes Gnade noch so reumüthig und buß-
fertig gestorben ist. Er sei der ganzen Gemeinde ein warnendes
Beispiel, sprach er mit nassen Augen, wie weit es mit einem Menschen
kommen kann, der sich von seinem Seelsorger zurückzieht und bösen,
glaubenslosen Gesellschaften anschließt. Dann sprach er von dem
Einfluß der Wirthshäuser auf eine Gemeinde. Wie solche Häuser
so leicht zu Brutstätten der Sünde und des Lasters werden können,
und an einem Tage oft mehr verderben, als was der eifrigste
Seelsorger ein ganzes Jahr hindurch gut machen kann. Wie groß
daher die Verantwortung solcher Wirthe sei, denen das Geschäft
über Alles gehe." „Das war auch ein Nebengedanke von mir,"
unterbrach da der Schmidtbauer, „warum ich die schwarze Kaß
gekauft habe, damit nicht ein neuer Störefried mitten unter uns
hereinsißt."

„Edler Mann," dankte die blaße Frau.

„Nun Hannal," wendete sich der Schmidtbauer von Neuem
an das Mädchen, „hast du die Neuigkeit sonst auch schon wem ge-

fagt?" „Nur der alten Bothenkathl," gab das Mädchen er=
röthend zurück, „denn sie hat durchaus wissen wollen, was ich so
eilends beim Herrn Pfarrer zu thun hätte. Sollte ich's nicht ge=
fagt haben, Schmidtbauer?"

„Ei nun!" meinte dieser, „einmal kommt die Sache ja doch
auf. Jetzt aber weiß es freilich in zehn Minuten das ganze Dorf
sammt den Vorstädten. Bring' mir aber schnell ein Bier, Hannal.
Ist höchste Zeit heute. Kannst auch gleich anschlagen, wie in alter
Zeit, denn ich wette um meinen Kopf, die verschwiegene Bothen=
kathl besorgt uns noch Gäste heute. Hast du meinen Krug ge=
bracht?"

„Ja," entgegnete das Mädchen, „um ihn nie wieder aus dem
Hause zu lassen," und eilte blitzschnell die altgewohnte Kellerstiege
hinunter.

Der alte Schmidtbauer war ein Menschenkenner, vom Aus=
bund Einer. Es dauerte gar nicht lange und ein Nachbar erschien
nach dem Andern. Jeder aber fragte gleich unter der Thüre, ob es
wirklich wahr sei, was die alte Bothenkathl erzählt habe. Die
freundlichen und theilnahmsvollen Dorfbewohner hatten bereits drei
Tische besetzt, als sich plötzlich die Thüre öffnete und der greise
Pfarrer von Krauthausen in das Gastzimmer trat, — das erste
Mal seit langer Zeit. Es war ein feierlicher Augenblick. Alle
Gäste erhoben sich nach alter Gewohnheit. Die schwergeprüfte
Hausfrau empfing ihren geliebten Seelsorger mit hellen Thränen
der Freude. Und sagen wir es aufrichtig, der gute alte Mann weinte
auch, und vielleicht noch Mancher mit ihm. Hanna eilte herbei,
um ihm ehrerbietig die Hand zu küssen, und sprach ihr: „Grüß'
Gott, Herr Pfarrer!" wie sie es als Kind gethan, nur schnappte
ihr heute die Stimme ein wenig über. „Grüß' euch Gott! meine
Lieben," nahm endlich der Pfarrer das Wort. „Ich habe mit den
Trauernden herzlich getrauert, nun bin ich gekommen, um mich mit
den Freuenden auch ordentlich zu freuen. Wie ich aber sehe, sind
mir in derselben Absicht schon die Meisten zuvorgekommen." „Die
Bothenkathl ist ja von Amtswegen ansagen gegangen, Herr

Pfarrer," scherzte der alte Schmidtbauer. „Aber kommen Sie doch her zu uns, zu dem alten Sitz am alten Tisch, und setzen Sie sich so fest nieder, daß Sie noch dreißig Jahre nicht vom gleichen Fleck kommen, von Krauthausen meine ich."

Die Bauern leerten darauf ihre Gläser und ließen sie von Neuem füllen.

Da begann jedoch der Herr Pfarrer in feierlicher Weise: „Liebe Krauthausner! Bevor ich mich nach langer Zeit auf dieses Plätzchen setze, wo ich einst so viele gemüthliche Stunden mit euch verlebt, wo ich so oft Veranlassung fand, irrige Anschauungen zu berichtigen, und boshafte Verleumbungen zu widerlegen, bevor ich den ersten Tropfen Bier wieder trinke in diesem Hause, das mir so viel Schmerz, aber auch wieder so viel Freud' bereitete, ist es meinem väterlichen Herzen ein aufrichtiges, unabweisbares Bedürfniß, einige Worte an euch zu richten.

Krauthausner! der Schnee meiner Haare verkündet euch, und ich fühle es, daß der Winter meines Lebens begonnen. Vielleicht nicht mehr lange, und derjenige, der ein volles Geschlecht hinsterben sah, muß selber den Weg des Fleisches gehen und hintreten vor Gott den Allwissenden und Gerechten, um Rechenschaft zu geben über die Seelenleitung jener Gemeinde, welcher er den Sommer seiner Manneskraft geopfert. Daraus möget ihr nun abnehmen, welche Angst und Besorgniß sich meiner bemächtigen mußte, als vor einiger Zeit die »schwarze Katz« zur Wolfsgrube für euere unsterblichen Seelen zu werden drohte. Ich sah diese Gefahr schon lange voraus, und doch überraschte sie mich, als sie wirklich da war. Nur Gott weiß es, was ich in jenen Tagen gelitten. Denn Ihm habe ich es oft unter Thränen geklagt, ob denn Alles umsonst sein sollte, was ich durch 30 lange Jahre gearbeitet, ob denn mit einem Schlage wieder vernichtet werden sollte, was ich so fest gegründet glaubte. Und doch, das wäre geschehen, hättet ihr in der entscheidenden Stunde der Stimme der Verführung Gehör geschenkt. Denn was nützt es zu sagen: „Herr! Herr! sagt der göttliche Heiland," wenn man durch die freie Mannesthat, — hier z. B.

durch die Wahl, — den Willen des himmlischen Vaters, seinen Glauben, sein Christenthum verleugnet.

„Daß ihr aber die verhängnißvolle Stunde der Versuchung glücklich, ja rühmlich überstanden, — diesen seligsten Trost meines Lebens, — ich verdanke ihn außer Gott dem Herrn, einem Manne, denn ihr alle kennt, wenn auch nicht so gut, wie ich; einem Mann aus unserer Mitte, einem Manne, dessen Name euer Ruhm und Stolz sein soll; einem Manne, dessen segenvolles Andenken ihr noch eueren Kindern und Kindskindern überliefern sollet; einem Mann, der als glaubensmuthiger Paulus im schlichten Bauernrocke wahrhaftig würdig ist, als mustergiltiges Vorbild aufgestellt zu werden für den ganzen Stand im ganzen Land; dir, mein biederer, alter S ch m i d t b a u e r, großer Wohlthäter dieses Hauses, Trost der Witwen und Waisen! (Wohl nie hat die große Gaststube in der schwarzen Katz ein er= habeneres Schauspiel gesehen, als in diesem Augenblicke. Die Rührung war so groß, daß selbst gestandene Männer laut schluchzten. Es vergingen Augenblicke, bis der gute Pfarrer wieder Herr seiner Sprache wurde.)

„So ergreife ich denn mein Glas, um mit tiefsten Dankgefühle und innigster Verehrung das Wohl des alten S ch m i d t b a u e r s auszubringen und zwar zum Segen dieses Hauses und zum Wohle von ganz K r a u t h a u s e n noch auf viele, viele Jahre!“

Nie wurde ein Toast herzlicher und begeisterter beantwortet, als dieser.

Von da ab nahm nun der Abend den Charakter eines frohen christlichen Familienfestes an. Bezeichnend für den alten S ch m i d t= b a u e r ist aber, daß er selbst an diesem Tage nicht mehr als seine »drei Halbe« trank, und so wie sonst Punktum acht Uhr seinen Rückzug nach Hause antrat.